¡Primera CAÍDA!

El Enmascarado de Terciopelo 1
Primera caída

Primera edición: junio de 2018

D. R. © 2018, Diego Mejía Eguiluz

D. R. © 2018, derechos de edición mundiales en lengua castellana:
Penguin Random House Grupo Editorial, S. A. de C. V.
Blvd. Miguel de Cervantes Saavedra núm. 301, 1er piso,
colonia Granada, delegación Miguel Hidalgo, C. P. 11520,
Ciudad de México

www.megustaleer.mx

D. R. © 2018, Ed Vill, por las ilustraciones y cubierta

ISBN: 978-607-316-446-7

Impreso en México – *Printed in Mexico*

El papel utilizado para la impresión de este libro ha sido fabricado a partir de madera procedente
de bosques y plantaciones gestionadas con los más altos estándares ambientales, garantizando
una explotación de los recursos sostenible con el medio ambiente y beneficiosa para las personas.

Penguin
Random House
Grupo Editorial

★ ★

¡PRIMERA CAÍDA!

EL ENMASCARADO DE TERCIOPELO

DIEGO MEJÍA EGUILUZ

Ilustrado por **Ed Vill**

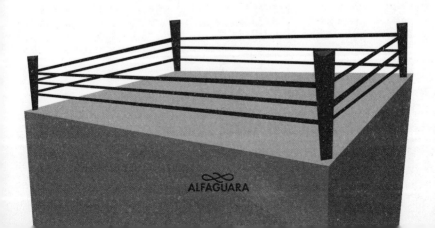

ALFAGUARA

Buenas noches, amigos aficionados, bienvenidos a una función más de lucha libre en vivo desde la arena Tres Caídas. La Asociación de Lucha Independiente presenta esta función que llega a ustedes a través de Gladiatores Radio y Video. Mi nombre no importa, ustedes me conocen como Alvin, y estoy aquí con mi compañero Landrú para llevarles los pormenores de esta función, que seguramente será de su agrado. Y como bien dicen: "Time is Money", vámonos a las acciones. Está por iniciar el primer combate de la velada: mano a mano entre dos novatos con hambre de triunfo: en la esquina técnica aparece el Tiburón Blanco, mientras que por el bando rudo hace su debut el Conde Alexander, quien tiene prisa por demostrar de qué está hecho, porque no esperó a que terminara el anuncio de la contienda y ya se abalanza sobre un distraído Tiburón, al que ni siquiera da chance de quitarse la capa. Uno, dos, tres estrellones contra los esquineros; ahora lo toma del brazo y lo azota con un látigo irlandés. Se incorpora el Tiburón pero es recibido con patadas voladoras...

Sí, no se equivocan, esos son los famosos Landrú y Alvin; ellos narraron mi primera lucha. Y déjenme decirles que esa noche la gente en la arena estaba enardecida. No sabían qué esperar cuando me vieron anunciado en el programa, pero mi estilo les pareció en extremo salvaje, como si quisiera dejar en claro que no había mayor rudo

que yo. ¿Qué? Okey, okey, no interrumpo más, sigan viendo el video…

> Viene la plancha desde la tercera cuerda… ¡Se quitó a tiempo el Tiburón y ahora él aprovecha que el Conde está en malas condiciones! Pero observen qué cinismo tiene este rudo, se niega a pedir clemencia y contesta con una serie de raquetazos al pecho de su rival. Ahora van al juego de cuerdas… patadas de jabalina por parte del Tiburón, que se incorpora y enreda las piernas del Conde, que luce muy aterciopelado con esa máscara; ahora el escualo jala de los brazos; aquí está una de las llaves de lujo, la tapatía. El réferi pregunta… dice que no, dice que no… ¡se rindió! La victoria esta noche es para el Tiburón Blanco, pero hay que reconocer el esfuerzo del Conde Alexander, quien pudo haber salido con el brazo en alto, pero fue tal su deseo de demostrar sus rudezas que no supo acabar a tiempo con su rival.

Ya sé que no es lo mejor empezar con una derrota, pero no todo fue malo. Al promotor le gustó mi trabajo y siguió programándome en sus funciones. Y las victorias no tardaron en llegar…

Bien rudo, bien rudo, pero cuando era chiquito…

—¡¿Otra vez?! ¿Y ahora por qué las lágrimas?

—Pero, papá…

—Nada de peros, hijo, los niños no lloran; debemos ser fuertes.

—Pero es que me da tristeza…

—Nunca demuestres tus emociones, eso es para débiles. Además, no sé por qué siempre lloras con esa película.

—Pero es que ese animalito…

—Nada, nada.

—Ya déjalo en paz, no todos son unos insensibles como tú —esa es mi tía, que de repente iba a visitarnos.

—¿Te vas a poner en mi contra? Vas a convertirlo en un blandengue.

—Pero, papáaaaaa…

#◎#◎

Y aquel era un domingo cualquiera en mi casa. A mi papá le encantaba poner películas tristes en la tele, pero me regañaba si lloraba en los momentos más conmovedores. Decía que lo hacía por mi bien, para fortalecer mi carácter, pero yo no veía nada malo en llorar con escenas así. Mi tía siempre estuvo de acuerdo con que dejara salir mis emociones, y se la pasaba discutiendo con mi papá. ¿Mi mamá?, pues ella trataba de no meterse en líos y le daba la razón a mi papá, aunque por las noches me llevaba pañuelos por si acaso.

Pero no me he presentado. Bueno, tal vez hayan escuchado de mí, además de que ya vieron el video, pero es de buena educación. Soy el famosísimo Enmascarado de Terciopelo o, en corto, el Conde Alexander. ¿Ya lo sabían? ¿Qué me delató? ¿Mis enormes músculos? ¿Cómo? Ah, perdón, es que a veces se me olvida quitarme la máscara. Estoy súper acostumbrado a usarla. ¿Un autógrafo? Seguro. Pero antes tienen que saber cómo me convertí en el azote de los encordados y por qué ahora estoy metido hasta el cuello en un encontronazo con...

1

✦ UN NIÑO TAN BONITO COMO CUALQUIERA ✦

Mi nombre de batalla y el diseño de mi máscara se remontan al principio de los tiempos, o sea cuando era niño (y por favor, no empiecen con los gritos de "uy, ya llovió", apenas tengo veintiún años). En aquellos entonces odiaba que los maestros me dejaran de tarea escribir una composición sobre "qué quiero ser de grande". ¿A qué sádico se le ocurre pedir eso a una pobre criatura de ocho años? Los niños quieren ser todo: bomberos, astronautas, doctores, directoras de orquesta, luchadores... ¡Y sí pueden! Para empezar, para eso juegan, ¿no? ¿O a poco no les gusta jugar a que son grandes y tienen trabajos muy sofisticados?

Aunque no quisiera, tenía que hacer la tarea, no había de otra. Y es que yo tenía la mala suerte de que mi tía era una de las maestras de mi escuela. ¿Se imaginan? No sólo me tenía vigilado en las mañanas, sino que muchas veces iba a comer a mi casa para visitar a su hermana (mi mamá, pues). Reconozco que nunca fue de chismosa con mi familia, pero me echaba unas miradas tipo "sé que no has hecho la tarea", de esas miradas de pistola, así que mejor me iba a mi cuarto. Pero eso tuvo sus ventajas: siempre saqué buenas calificaciones, y así no me tenían estudiando horas extra en las vacaciones.

Yo habré tenido unos ocho años cuando se me ocurrió poner en una de esas tareas que de grande quería ser un famosísimo cantante y dar conciertos donde la gente se emocionara, bailara y aplaudiera mucho. En aquella época estaba de moda una canción que se llamaba "Lentito, por favor". No había lugar donde no la escucharas: radio, televisión, hasta en películas. Era uno de los videos más vistos en las redes, imposible no conocerla, y a fuerza de tanto escucharla, pues se nos pegaba a todos y ahí estábamos, repitiéndola a cada ratito. La única razón por la que no la bailamos en el festival del Día de las Madres fue porque la canción se puso de moda en septiembre. Comprenderán, entonces, por qué escribí que quería ser cantante.

No sé si a mi maestra le gustó mi composición, o si se estaba desquitando de algo que hice (esto último lo veo improbable, era un niño encantador), pero me hizo leerla delante de todos. Hasta ahí todo iba bien, no era la primera vez que alguno de nosotros pasaba al frente para leer su tarea. Lo malo fue cuando una de las niñas me pidió que cantara algo, y a los demás se les hizo una buena idea y empezaron a gritar: "Que cante, que cante…". Por supuesto elegí "Lentito, por favor", y hasta hice los pasos de baile del video. ¡Ay, no saben qué desastre fue eso! Creo que las palabras que más usó la maestra fueron "desafinado, horror, apocalipsis, falta mucho para la jubilación". En el salón, nadie dejaba de reírse, y hubo dos niños que se quedaron sordos unos diez minutos. El director tuvo que ir al salón a callarnos. Menos mal que en la escuela no permitían los celulares y nadie pudo grabarme. De seguro hubiera sido *trending topic*, o mínimo algo viral por diez minutos.

Pero yo no iba a dejar que eso me desanimara, de verdad me gustaba cantar y bailar, así que cuando llegué a la casa, les comuniqué mi decisión a mis papás. A ellos no les pareció una mala idea y hasta me pidieron que cantara algo. Yo lo hice fascinado, y un minuto después una vecina llamó por teléfono a la policía para reportar que estaban matando a alguien en el departamento de al lado. Después de convencer a los oficiales de que no torturábamos a nadie en la casa, mi papá me prohibió volver a cantar. Mi mamá hubiera querido apoyarme, pero terminó con un dolor de cabeza terrible y se fue a su cuarto a descansar.

—Miren, ahí va el ídolo.

—¿Te sabes otra además de "Lentito, por favor"?

—Sí, me sé muchas.

—¿Cuándo sacas tu disco?

—No sé, apenas voy a empezar mi carrera. Quiero pedirles a mis papás que me inscriban en una escuela de canto.

—No lo necesitas, tienes talento natural.

Imaginan bien. Muchos en la escuela empezaron a hacerme burla (menos mal que ninguno era mi vecino y no supieron lo de la policía). En el recreo se me acercaban para pedirme autógrafos, y al principio yo se los daba encantado; después me di cuenta de que no me los pedían en serio. Yo creo que eso duró unas dos semanas. Afortunadamente mis compañeros se aburrían rápido, y después encontraron otras cosas de las cuales mofarse. No digo que esté bien burlarse de los demás, pero al menos ya no era de mí. Sólo hubo un niño que siguió dando lata con lo del canto. No les voy a decir su nombre, confórmense con que me refiera a él como el Pecas.

El Pecas era el típico niño que se hacía el gracioso en las clases y se burlaba de todo el mundo. Lo peor era que sus comentarios a veces sí eran chistosos y eso contagiaba a los demás, que preferían seguirle el juego antes de que los molestara a ellos. Como no era mal estudiante (regularsón, la verdad), los maestros lo toleraban, aunque sí lo regañaron más de una vez.

Mi relación con él siempre fue difícil. Nos conocimos en segundo de primaria. Él había llegado a mitad de curso, pues la escuela donde estudiaba se quemó. Según esto había sido un accidente de unos alumnos de preparatoria en un laboratorio, pero muchos sospechábamos que el Pecas había estado involucrado. La maestra tuvo la genial idea de sentarnos juntos, y ese ha sido uno de los momentos cumbre en la historia de los desastres de la humanidad. Yo trataba de concentrarme en las clases, pero el Pecas era muy insistente con sus bromas, así que un día hablé con la maestra para pedirle que me cambiara de lugar y la profesora, en lugar de guardar el secreto (¿dónde quedó la confidencialidad alumno-maestro, eh?), le dijo al Pecas que por favor me dejara tranquilo. Digamos que ese fue mi primer *strike* con él.

El segundo fue cuando le compartí de mi sándwich un viernes, en el recreo. No, leyeron bien, yo le compartí de mi sándwich. Siempre me enseñaron a no ser egoísta, pero al parecer al Pecas no le gustó que mi mamá usara las sobras de la cena para hacerme un sándwich de germinado de alfalfa con nopales, espinacas y humus. Según él, le dio diarrea todo el fin de semana.

Pero la gota que derramó el vaso fue cuando tuvimos examen sorpresa de Matemáticas. Pobre Pecas, entiendo que se pusiera nervioso; todos lo estábamos, pero no es mi culpa que él hablara tan quedito. Después de lo que, al parecer, fue media hora, el Pecas logró llamar mi atención (con un pellizco, el muy salvaje).

—Pásame la tres —no sé cómo le hice para leer sus labios.

Qué lástima que no tuviera la capacidad de hablar tan quedito como él.

—Yo tampoco me la sé.

Todo el salón, maestra incluida, me escuchó.

—Pues para la próxima hagan su tarea, jovencitos. Y para este examen tienen dos puntos menos.

A mí no me afectó tanto, saqué ocho así que bajó a seis. Pero el Pecas había sacado cuatro, y con el castigo, pues ya se imaginarán su calificación.

¡*Strike* tres! Ya tengo un mejor enemigo.

Para que el Pecas ya no me molestara, me olvidé de la idea del canto, pero no por eso iba a dejar de ser un gran artista, y les dije a mis papás que quería aprender a tocar un instrumento. Mi padre refunfuñó un poco, pero accedió a llevarme a una tienda de música e intentó convencerme de que escogiera una batería, o una guitarra eléctrica, y me enseñó varios pósters de músicos que se veían bien rudos mientras tocaban sus instrumentos, pero a mí no me atraían. Yo quería tocar algo diferente. Y en cuanto vi en un rincón de la tienda esa arpa, supe que era lo que quería aprender. Hubieran visto el coraje que hizo mi papá; ni le entendí qué tanto dijo. Sólo sé que no me la compró porque estaba muy cara y porque vivíamos en un departamento pequeño y no teníamos espacio para guardarla. Pero no crean que salí con las manos vacías: me dejaron escoger una armónica y, la verdad sea dicha, sí me divertía tocándola. Lo único que nunca entendí fue por qué la entrada de la casa se llenaba de gatos cuando ensayaba. Lástima que esa armónica se me perdió a las dos semanas. Yo estaba seguro de que la había dejado en el comedor, pero mis papás dijeron que eso no era cierto, que yo había sido muy descuidado y que por ningún motivo la buscara en la alacena de la cocina.

¿Ya vieron la foto? Es mi grupo de tercero de primaria. En la primera fila pueden ver al malvado del Pecas (a ver si lo encuentran). También está por ahí una que otra niña que me gustaba, y a todas les regalaba dulces. ¿Yo? Sí, sí salgo en la foto, pero no crean que les voy a decir quién soy, debo proteger mi identidad secreta.

Búsquenme, a ver si le atinan. Les doy una pista: soy el más bonito.

Por el momento ya hablé mucho de la escuela. Ahora le toca a mi familia. Como bien dicen, las damas primero: mi mamá. ¿Qué les puedo decir de ella, además de que tiene un hijo muy guapo? La verdad es que siempre ha sido una santa: soportarnos a mi papá y a mí no es nada fácil. Ella escribe críticas cinematográficas, así que va mucho al cine. Me gustaría decir que yo la acompañaba al trabajo, pero no, ella iba a funciones especiales para la prensa, por las mañanas, mientras yo estaba en la escuela. Por las tardes escribía sus reseñas en la casa. Siempre ha sido de un carácter tranquilo, no le gusta meterse en problemas y casi nunca discute con mi papá. Pero no se confundan, es una crítica implacable, y cuando no le gusta una película, no tiene miedo de decirlo. Al contrario, los directores y los actores le temen a ella.

Mi papá es todo un caso. Al principio yo no sabía a qué se dedicaba. Viajaba mucho y era común no verlo durante tres o cuatro días. A veces estaba en la casa por la mañana y salía en las noches. Cuando no viajaba, iba mucho al gimnasio, así que era muy común verlo vestido con pants grises. Yo llegué a pensar que era un superhéroe que sólo dejaba la casa cuando lo llamaba el jefe de la policía, pero él juraba que tenía "un trabajo común y corriente con un horario muy loco, nada emocionante ni para presumir".

Mis papás se conocieron hace muchos años. Fue en el cine, precisamente, viendo *El asesino misterioso*. Mi mamá dice que al principio no le gustó nada, pero mi papá en

esa época era muy simpático (y lo sigue siendo, cuando no está de malas), y la convenció de que le diera su teléfono. No se preocupen, no los voy a aburrir con una cursi historia de amor. Sólo les diré que después de salir durante unas semanas, decidieron hacerse novios, y después se casaron y me tuvieron a mí. Según mi mamá, a mi papá siempre le gustó ver películas con ella, y por eso hasta la fecha tiene la costumbre de poner películas en la casa todos los domingos. Lo único malo es cuando escoge las tristes, porque no le gusta que yo me suelte a llorar.

También está mi tía. Hermana de mi mamá, todavía es muy común verla en mi casa. Ella es maestra de Español, y a mis papás les pareció una buena idea que su hermoso retoño estudiara en la escuela donde ella da clases. Por suerte, mi tía es muy discreta y mis compañeros tardaron mucho en descubrir nuestro parentesco. Tal vez nunca se hubieran dado cuenta de no ser porque me confundí y en una clase, en vez de decirle "miss", le dije "tía". Para mi suerte, el Pecas no me dio lata con eso (ya saben, cosas tipo "el sobrino consentido", "consíguenos los exámenes", etc.). Mi tía es una mujer de ideas fuertes que sabe darse a respetar. No es que le tengan miedo en la escuela, pero sus alumnos prefieren tomar sus clases y poner atención, que hacer sus famosos reportes de veinticinco hojas a mano en caso de que te castigue. En la casa era todo lo contrario, se podía jugar muy bien con ella. Es más, hasta la fecha no me gana en las damas chinas (en cambio yo no le como ni un peón en el ajedrez). Ella siempre ha estado en contra de las ideas conservadoras de mi papá y si no le parece algo, se lo hace saber. Como mi papá quiere mucho a mi mamá, se traga el coraje, antes que discutir con su cuñada (bueno, un poquito sí se pelean).

¿Han escuchado eso de que polos opuestos se atraen? Pues aplica perfecto con mis progenitores. Mi papá siempre ha sido un poco enojón. No vayan a creer que es un ogro, sólo digamos que es muy fácil que pierda la paciencia. A él le tocaron tiempos muy distintos a los de ahora. Ya saben a qué me refiero, a que los niños debemos ser fuertes y rudos porque tenemos que proteger el hogar. Para él es difícil imaginar que a los hombres no nos gusten cosas como las películas de acción, los deportes y demás. Pero ya ha cambiado un poco su manera de pensar. Le cuesta un buen, pero creo que ahí la lleva.

Cuando cumplí nueve, creo, me preguntó qué quería de regalo de cumpleaños, y yo pedí que me metieran a clases de ballet. No se rían, hay muchos bailarines hombres, y tan campantes. Me gustó una vez que nos llevaron de la escuela a ver *El lago encantado*, que trataba de unas doncellas hechizadas por un brujo, quien las convirtió en marineros. Entre suspiros fingidos, todos los niños se la pasaron carcajeándose en el camino de regreso a la escuela por la historia de la doncella y su romance con el príncipe. Obviamente, yo no dije que me había gustado la función, para que no se burlaran de mí también. Pero al llegar a mi casa no dejé de hablar de eso: me asombró la manera de saltar de los bailarines y la fuerza que seguramente necesitaban para impulsarse y para sostener en alto a las bailarinas.

A mi papá le dio un ataque de colitis cuando le dije qué quería de cumpleaños y pegó el grito en el cielo (tanto por el coraje como por el dolor de panza), pero no voy a mentir: me concedió mi deseo y me inscribió al ballet. Claro, tuvieron que convencerlo entre toda la familia. Y les diré que fue muy útil para mi carrera como luchador, me dio una agilidad y elasticidad que muchos de mis rivales envidian.

No sabía que esto de contar mi vida fuera tan difícil. Llevo tres semanas escribiendo y siento que ya llené una tonelada de hojas. Mejor me voy al gimnasio porque me toca entrenamiento y mis maestros son muy estrictos.

"¡Ya voy, Vladimir, no me pongas retraso! ¡No quiero hacer calentamiento extra!"

2

★ ¿PUEDO SER COMO TÚ? ★

"¡Vamos, vamos, dos vueltas más! ¡Suban y bajen bien esas escaleras!"

"¡Un, dos, tres, cuatro! ¡Un, dos, tres, cuatro! Practiquen esas rodadas, vamos, vamos."

"¡Peguen la barbilla al pecho! Vamos, vamos, aprendan a caer."

"Una vuelta más haciendo patitos. ¡Vamos, agárrense bien los tobillos!"

Ese es uno de mis entrenadores, el famoso Caballero Galáctico. Ya tiene algunos años que se retiró. No es tan viejo, pero según él tuvo que dejar los encordados para cuidar su salud, aunque a veces creo que exagera, pues desde que lo conozco, nunca lo he visto enfermo, pero él dice que sí lo está y cada semana tiene algo nuevo que la ciencia no ha descubierto y es muy grave. Ahora se dedica a dar clases en este gimnasio (los días que no está en el doctor). Sus entrenamientos son muy pesados, es un maestro exigente, y eso me ha ayudado mucho con mi condición física. Lástima que el Caballero se haya retirado tan joven de la lucha, ahorita sería considerada una leyenda (y no el terror de las farmacias, como le dicen sus ex compañeros).

Me gustan los miércoles porque es cuando practicamos llaves, ya sean clásicas como la tapatía y el cangrejo, o un poco más nuevas, como lo Negro del Trauma.

Los lunes son días que también me gustan mucho (no, no estoy loco ni me ha dañado tanto golpe). Es cuando veo a Vladimir, mi otro entrenador, y le paso la lista de luchas que tengo en la semana. Vladimir sabe muchísimo de lucha libre y siempre me da muy buenos consejos para ganarles a mis rivales. Ahorita no está, siempre anda ocupado en las mañanas, en otro rollo del que no se puede zafar.

Hoy entrené con todo y máscara porque nos están haciendo un reportaje a todos los del gimnasio, es con sesión de fotos y ni modo de salir tal cual a cara limpia. Vino un periodista a preguntarnos de todo sobre nuestra carrera, y eso me recordó a cuando me enteré de que mi papá era luchador y lo acribillé con un montón de preguntas:

—¿Cuándo empezaste a luchar? ¿Por qué no querías que supiera a qué te dedicas? ¿Has ganado muchas luchas o siempre pierdes? ¿Cuándo dejaste de estar tan panzón como en los videos viejitos? ¿Me llevas un día a la arena?

Era como tener a mi propio superhéroe en casa. A veces tenía suerte y me contestaba de buenas.

—¿Cuál es tu nombre de luchador?

—El Exterminador.

—¿Eres rudo o técnico?

—Rudo, por supuesto.

—¿Por qué?

—Porque los verdaderos hombres somos así: rudos, implacables, no nos tentamos el corazón para ganarles a nuestros rivales.

—¿Y por qué usas máscara?

—Para que la gente no sepa que soy yo el que hace sufrir a sus ídolos.

—¿Y siempre haces trampa?

—Los rudos no hacemos trampa, sólo tenemos más imaginación que los técnicos. No es mi culpa si los réferis no se dan cuenta de todo lo que hacemos.

—¿Por qué mi mamá se enoja cuando llegas con la máscara sudada? ¿Cuánto te pagan por luchar? ¿Mañana a dónde te toca ir?

Pero no todo era divertido, pues otra de esas veces en que teníamos que hacer composiciones para la escuela, tocó escribir sobre los papás y en qué trabajaban. No me costó nada hablar de mi mamá como crítica de cine, cuál fue la primera película sobre la que escribió en un periódico y así. Lo malo fue cuando el Pecas abrió la bocota:

—Oiga, miss, pero le faltó a qué se dedica su papá.

—Sí, miss —dijo otro niño—. Yo he visto que su papá a veces viene a recogerlo a la escuela, en lugar de estar trabajando en una oficina.

—¿No nos va a decir qué hace su papá y por qué siempre viene en pants? —insistió el baboso del Pecas.

Mi papá me había pedido que no le contara a nadie de la escuela a qué se dedicaba. Yo no entendía por qué, a mí me parecía maravilloso tener un papá luchador, ¿a quién no?

Un día fui al cine con mi mamá y aproveché para preguntarle:

—Oye, ma', ¿tú ganas más que mi papá?

—¿Cómo?

—Se me hace que a mi papá le da vergüenza ganar poquito y por eso no quiere que cuente en la escuela qué hace, ¿no?

Mi mamá sólo sonrió, pero no dijo nada más del tema.

Y bueno, si mi papá quería que guardara el secreto, yo intentaría cumplir mi promesa. Claro que algunas cosas no cambiaban y eso hacía que todo fuera más difícil. El Pecas era muy terco:

—Adiós, Superpants Júnior.

—Claro que vengo en pants, y tú también, hoy toca Educación Física.

—¿Y a tu papá también le toca Educación Física hoy?

—Claro que no, si usa pants es porque va al gimnasio todos los días a hacer ejercicio.

—Entonces sí le toca Educación Física.

—¡...! Mmm... Esteee... Él hace ejercicio porque necesita estar fuerte para su trabajo.

—¿En serio trabaja? ¿En qué?

—No te puedo decir.

—No te creo nada.

—No me importa que no me creas. Yo sé la verdad.

—Si tú lo dices. A lo mejor en la próxima composición nos cuentas a qué se dedica; si se te ocurre algo, claro.

No sé cómo le hacía para aguantarlo. Y ese fue un día tranquilo; había veces en que hasta sus amigos le decían que me dejara en paz.

Si antes me gustaban los fines de semana, desde que me enteré de lo de mi papá en las luchas, los adoraba. Mi papá me ponía algunos de sus viejos videos, para que viera cómo había evolucionado su carrera. Siempre fue rudo, pero parecía que con el tiempo se volvió cada vez más malvado. Él disfrutaba mucho hacer enojar al público y, según me contaba, muchas veces tuvo que escaparse por la salida de emergencia de la arena, para que la gente no intentara golpearlo por lo que les hacía a sus ídolos.

¿Han notado cómo cuando saben de algo nuevo, parece que todo a su alrededor tiene que ver con eso? O sea que antes de saber que mi papá era luchador, nunca me había fijado en todas las revistas de luchas que hay; ahora, en cambio, parecía que todos los puestos de periódicos tenían al menos dos. Y era muy padre cuando mi papá salía en la portada de alguna. Hasta que un día…

—¿Qué traes ahí? —le pregunté a un niño en el recreo.

—Es mi nueva revista de luchas, mi papá me dio permiso de traerla a la escuela.

—¿En serio?

—No, pero tampoco se dio cuenta de que la traje.

—¿Puedo verla contigo?

—Claro.

Y en eso, ya se imaginarán, llegó el Pecas. Para sorpresa de todos, no intentó molestarme:

—¿Es la nueva de luchas? ¿Luego me la prestan?

—¿A poco te gustan las luchas? —pregunté asombrado.

—Obvio.

Esa era mi oportunidad. El Pecas y yo tendríamos algo en común y así él dejaría de molestarme; a lo mejor hasta nos volvíamos mejores amigos…

—¿Rudos o técnicos? —preguntó el niño de la revista.

—¡Rudos! —exclamé yo.

—¡Técnicos! —dijo el Pecas al mismo tiempo.

¡Ay, no! Empezábamos mal. Pero a lo mejor podía componer las cosas.

—Bueno, no es así que yo sea, uy, qué bruto, qué rudo —empecé—, más bien le voy al Exterminador. Los demás no me caen ni bien ni mal.

—¿En serio te gusta el Exterminador? Él sólo sabe ganar con trampa.

—¡No es cierto!

—Claro que sí. Es chafa y tramposo. Y ya está viejo.

—No te enojes —me dijo el otro niño—, pero el Pecas tiene razón. No recuerdo que el Exterminador se sepa muchas llaves. Son puros golpes y trampas.

—Lo dicen por envidia. Ustedes no saben de lucha libre.

—Es sólo un luchador más; hay miles mejores que él.

—Claro que no, el Exterminador es el mejor del mundo.

—¿En serio crees eso?

—Claro que sí, es mi papá.

—¡…!

—¡…!

Nunca había escuchado una carcajada tan larga y tan fuerte como la que soltaron el Pecas y el otro niño. Cuando me di cuenta, estábamos rodeados por otros tres niños.

—¿Estás diciendo que Superpants es el Exterminador? ¡No inventes! ¡Jajaja!

—Pero si tu papá está panzón y ni siquiera tiene músculos. ¡Jajaja!

—El Exterminador será chafa, pero al menos tiene algo de físico.

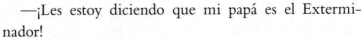

—¡Les estoy diciendo que mi papá es el Exterminador!

—Pero de cucarachas.

—¡Jajaja!

Sentía cómo cada risa retumbaba en mi cabeza. Por mucho que apreté puños y dientes, no aguanté más.

—¿Se te está saliendo una lágrima?

—Superpants Júnior es un llorón.

—¡No soy llorón, no soy llorón!

No pude decir más. Salí corriendo de ahí y me refugié en el salón hasta que terminó el recreo. Para cuando sonó el timbre de la salida, todo el grupo sabía el secreto de mi papá y nadie creía que fuera cierto; en cambio, todos estaban convencidos de que a Superpants Júnior le gustaba llorar.

3

✦ SÍGUELE Y NO RESPONDO ✦

EL CONDE ALEXANDER, LA NOBLEZA HECHA RUDEZA
Por Landrú

Gran revuelo ha causado el joven gladiador que está haciendo campaña en las filas de los independientes. No dejen que su elegante porte y buenos modales los engañen, apenas suena la ocarina, se transforma en una fiera con hambre de triunfo. Es el aterciopelado Conde Alexander, quien a pesar de haber sido derrotado por el Tiburón Blanco en su debut, ha hilvanado una importante racha de victorias. Se nota en sus movimientos que es un estudioso de la lucha libre, pues siempre parece estar un paso adelante de sus rivales. Este novato seguramente dará de qué hablar en los próximos meses. Para *Gladiatores* será difícil no considerarlo en sus nominaciones al Novato del Año.

¿Verdad que es un texto conmovedor? Fue la primera vez que una revista se fijó en mí. Parecerán pocas líneas, pero para mí significaron todo.

Y debo ser muy honesto: de no haber sido por los maestros que he tenido, seguramente nunca me habrían dedicado ese párrafo, ni todos los reportajes que me han hecho después.

Los luchadores tenemos varios mentores de quienes aprendemos cuanto sabemos. Y el caso de Vladimir es loquísimo… Es que el año pasado (¿o fue el antepasado?), el Caballero Galáctico me mandó un mensaje a mi celular para avisar que tenía un contratiempo y que no podría ir el lunes en la mañana al gimnasio a entrenarme, pero que ni se me ocurriera faltar porque tenía que hacer pesas y algo de cardio. Ahí estaría su sobrino Vladimir. Le pregunté si todo estaba bien, y sólo contestó: "Tengo que ir al doctor". Ya no insistí, ya sé cómo se pone en esos casos, todo loco.

—Mi tío va a tardar en llegar —me dijo Vladimir al otro día—. Ahí está la caminadora, para que calientes antes de las pesas.

Le di las gracias y comencé mi calentamiento. Después de veinte minutos de caminadora y otros veinte de bicicleta, hice series de pesas y después me subí al ring para practicar algunas rodadas y mis salidas de bandera, con las que tenía algunos problemas.

Vladimir no decía nada, sólo me observaba en silencio, y eso me incomodaba un poquito. Iba a decirle algo cuando él se me adelantó:

—Estás haciendo mal la salida de bandera. Debes girar tu muñeca a la izquierda, para que tu cuerpo gire naturalmente y puedas caer bien.

—¿Perdón?

—Estás haciendo mal la salida de bandera. Debes girar tu muñeca a la izquierda…

—Sí te oí, ¿pero cómo sabes eso?

—Cuando tengo vacaciones, acompaño a mi tío a sus clases. No eres el único de sus alumnos que comete ese error.

No me gustó que Vladimir me corrigiera. ¿Él qué iba a saber de lucha? ¡Que se dedicara a sus clases de primaria y me dejara en paz! No, él no es maestro como mi tía. Vladimir estaba apenas ¡en primaria!

"Chamaco payaso", pensé después de su consejo, "ahora verá". Tomé impulso hacia las cuerdas y me preparé para hacer la salida de bandera. Giré la muñeca hacia la izquierda, tal como había dicho, y en lugar del desastre que imaginé, resultó que el escuincle tenía razón. Lo hice dos veces más y mi salida fue impecable. Al fin había corregido ese error que provocaba que cayera mal y que me dolieran las rodillas toda la noche.

A ver. Respiren profundo. Inhalen, exhalen. Inhalen, exhalen. Vladimir tiene diez años, pero desde los cinco vive en casa del Caballero Galáctico, y va a cada rato al gimnasio porque no tiene con quién quedarse mientras su mamá se va a trabajar.

Bueno, el caso es que ha visto más lucha libre que muchos de los que se jactan de ser profesionales y en realidad se la pasan presumiendo en Facebook en lugar de entrenar.

El resto del día, Vladimir me señaló más errores que cometía en las rodadas y caídas. Hasta me enseñó un truco para aplicar mejor una llave, la cerrajera.

—Perdón, perdón, ya estoy aquí —el Caballero Galáctico llegó un par de horas después, cuando ya casi me iba.

—Profe, ¿está bien?

—Sí, ya sabes, el doctor me recetó reposo y luego me quedé atorado en el baño porque me tomé la pastilla equivocada y…

Blablablá… Así se siguió el Caballero Galáctico, que no paraba de pensar que estaba enfermo a como diera lugar, sabrá Dios por qué, si no tenía ni una gripita ni nada. En fin, el chiste es que así empezamos a ser amigos Vladimir y yo.

#◎#◎

Dice mi editora que deje de andar por las ramas y que retome la historia de cuando delaté a mi papá. Así que…

—Papá, ¿no podrías luchar sin máscara un día?

—¡Cómo crees!

—¿No te gustaría que la gente te pidiera autógrafos?

—Algunos aficionados me los piden.

—¿Pero no preferirías que te detuvieran en la calle y te pidieran fotos y autógrafos?

—Hijo, mientras no pierda la máscara, eso no va a suceder.

—Pero…

—No insistas, hijo.

Por más que quisiera olvidarlo, me seguía doliendo que los niños de la escuela no me creyeran que mi papá era el Exterminador y que opinaran que era mal luchador. Debía encontrar la manera de sacarlos de su error, pero no podía contarle la verdad a mi papá porque se enojaría conmigo por haber presumido su identidad secreta.

Los días que siguieron a mi garrafal indiscreción (¿les gustó la frase?, me la sugirió mi tía, porque yo había escrito "mi metida de pata"), los niños se la pasaron haciéndome burla. Ahora no sólo se trataba del Pecas, sino de más de la mitad del grupo. Hablé con una de mis maestras (sí, con mi tía; ni modo, tenía que usar mis influencias), le pedí que me ayudara castigando o expulsando a todos los que me hacían burla, pero ella obviamente me dijo que no podía hacer eso. Me recomendó que fuera paciente y los ignorara, al fin y al cabo yo sabía la verdad y eso debía ser mucho más poderoso que cualquier burla a la que quisieran someterme. ¡A buena hora se le ocurrió poner en práctica sus métodos modernos de educación!

Fueron muchos los recreos que me la pasé traumado. "¡Superpants Júnior chilletas!", me gritaban a cada rato. Algunas niñas no veían mal que yo llorara, decían que era tierno que estuviera en contacto con mi lado sensible, y hasta intentaron defenderme. Eso empeoró la situación. No era que no valorara su simpatía y sus intentos de ayudarme, pero ya tenía bastante con que me dijeran chillón, como para agregar que necesitaba que me defendieran las niñas. (No me vengan con discursos de que mi forma de pensar está caduca; mi editora ya se les adelantó.) El colmo fue cuando, un par de semanas después, mi papá regresó de una gira y pasó por mí a la escuela.

—Buenas tardes, señor. Espero que la próxima vez nos dé un autógrafo.

—¿Cómo?

—Sí, me falta su autógrafo en mi álbum de luchadores.

Esto no sonaba nada bien. Tenía que hacer algo para detener aquella hecatombe.

—Mira, papá, en la tienda de enfrente hay una oferta de pants.

Lo sé, no fue mi mejor idea. Esa tarde me tocó un súper regaño.

—Sólo una cosa te pedí. ¿Tanto trabajo te costaba guardar el secreto? Por eso no debías haberte enterado hasta que maduraras un poco. Ahora cómo voy a ir por ti a la escuela, ya todos saben quién soy.

Mi mamá intentó suavizar las cosas:

—Sólo está orgulloso de ti, amor.

—Eso no es pretexto para faltar a una promesa. ¿Y qué no ves que afecta mi trabajo?

—Bueno, tienes razón, querido.

"¡Ay, mamá, podías haberlo convencido! ¡Por qué te rindes!", pensé.

—Si te sirve de consuelo, papá, lo del autógrafo te lo dijeron nada más para burlarse de mí. Nadie me cree que seas el Exterminador.

—¡¿Quééé?! Pero si es casi obvio… ¡Mira estos músculos! ¡Y qué me dices de mi porte!

—Dicen que con esa facha y esa panza pareces todo menos luchador.

Hubieran visto la cara que puso…

—¡Amor, pásame las pastillas para la colitis! ¡Me duele el estómago!

Fue tal el coraje que hizo mi papá, que pasó dos días en cama con dolores. No podía tolerar semejante cosa.

Su orgullo y su salud estaban en juego, así que al día siguiente hice lo único que me quedaba.

—Les digo que mi papá es el Exterminador. Miren —y saqué de mi mochila una de sus máscaras.

No sé cómo no se me había ocurrido eso antes. Ya nadie dudaba de mí, ni salían de su asombro. Y para mi mala suerte, todos querían quedarse con la máscara. Me la arrebataron y empezaron a correr por todo el salón.

—¡Ya devuélvemela! Mi papá tiene que usarla hoy en la noche.

—Ya tengo el poder —gritaba el Pecas, mientras alzaba la máscara.

Tenía que ser el Pecas, para variar.

—Lo que tiene, jovencito, es un castigo. Diez planas con la frase "No tengo el poder ni la máscara", pero ya. Y tú —la maestra volteó hacia mí—, diles a tus papás que si quieren que te regrese tu juguete, tienen que venir ellos a recogerlo.

Ni siquiera la influencia de mi tía me libró de ese lío. Por suerte, mi papá tenía más máscaras en la casa, pero no me salvé de pasarme dos meses sin permiso de salir o de usar el internet en la casa.

4

★ TE LO ADVERTÍ ★

—Buenas noches, amigos aficionados, estamos en los vestidores de la arena Tres Caídas con un joven que está causando sensación en la lucha libre: el Conde Alexander. Conde, gracias por esta entrevista.

—Al contrario, gracias a ustedes, los medios, que me brindan este espacio.

—Han pasado seis meses de tu debut y te estás convirtiendo en una constante en las carteleras de varias arenas.

—Afortunadamente a los promotores les ha gustado mi trabajo y me han brindado la oportunidad de figurar en sus programas. El resto es responsabilidad mía, entrenando diario en el gimnasio y dejando el alma arriba del ring si es necesario.

—Teníamos mucho tiempo de no ver a un rudo de tus características, nos recuerdas a los luchadores de la vieja escuela, con mucha técnica pero que derrochaban salvajismo.

—La rudeza nunca pasará de moda. Si los demás tienen miedo de ser tan rudos como un servidor, ese es su problema. Yo no soy tacaño, voy a hacer de todo para demostrarles que aquí, hombre por hombre, no hay más rudo que yo. Y lo de mi técnica depurada, qué te puedo decir: yo sí entreno y me preparo a conciencia con mis profesores; tengo estrategias de sobra para ganarle a quien me pongan enfrente. Pero que les quede claro: primero los voy a humillar y ya luego los hago polvo.

—En las últimas fechas hemos visto que te ha salido al paso un técnico bastante espect...

—No me hables de esa lagartija voladora, que no está a mi nivel. Grábate bien esto: no hay técnico que pueda superarme.

—Sin embargo, hoy saliste con la derrota a cuestas.

—¿Viste que me rindieran? Fue una lucha de tríos, y a mí no me eliminaron. Esa lombriz retorcida de Golden Fire no pudo conmigo; al contrario, lo humillé. Y si no me crees, mira cómo le dejé la máscara: hecha pedazos, y así será cada que me lo tope en un cuadrilátero.

—Pareciera que hay viejos rencores.

—No especules ni busques cosas que no son. Yo lo único que busco es ser el mejor, y ese frijol saltarín no me llega a los talones, y se lo voy a demostrar las veces que sean necesarias.

—Cambiemos de tema. Viéndote en el ring, se nota que hay una preparación de mucho tiempo.

—No te equivocas...

Oigan, oigan, ya sé que la plática está muy buena (me entrevistaron a mí, caray), pero de todas formas por ahí anda el video en YouTube, ya lo verán con calma. Sí, me porté muy rudo, pero es que lo soy. Es la única manera de destacar en este medio, siendo el más temible. Ya sé, ya sé, esas no son las enseñanzas del Caballero ni de Vladimir, a ellos más bien les debo gran parte de lo que sé hacer en el cuadrilátero, lo que pasa es que traigo la rudeza en la sangre.

Y hablando de asuntos de sangre, les voy a contar cómo cambió mi vida cuando se supo en la primaria de quién soy hijo.

A mis maestros, por supuesto, no les importó gran cosa. Ellos se preocupaban básicamente por mis calificaciones. Mientras cumpliera con la tarea y pasara los exámenes, no tendría problemas.

Las niñas de mi salón no parecían particularmente impresionadas. A casi ninguna le gustaban las luchas. Pero empezaron a tratarme diferente cuando vieron las fotos de mi papá, por lo menos les daba curiosidad. Aunque alguna que otra opinó que bien podría defenderme y no quedarme de brazos cruzados con las burlas de los demás. En fin, cada quien tiene su manera de pensar.

Los niños, en cambio, me veían con una mezcla de envidia e incredulidad. Sin quererlo, me convertí en uno de los más populares de la escuela. No cualquiera podía presumir de tener en casa un cinturón de campeón mundial (no me lo llevé a clases; mi papá me hubiera colgado del palo más alto si me lo quitaba la maestra, y ni hablar de lo que le harían en la Comisión de Lucha Libre si les decía que el campeonato estaba en la oficina de la directora).

En casa no nos fue tan bien, pues tuvo que modificarse la rutina de toda la familia. A mi papá le gustaba pasar por mí a la escuela, pero no estaba dispuesto a ir enmascarado (ni a ponerse algo que no fueran sus pants), y mi mamá no siempre podía recogerme porque tenía que ir a las funciones, si no su jefe en la revista se ponía todo lurias. Y, lógico, tres veces por semana iba y regresaba de clases con mi tía. El problema no era tanto que nos vieran juntos, siempre me he llevado bien con ella, pero como también debía hacer trabajo en la dirección, la muy salvaje llegaba a la escuela una hora antes que todo el mundo. Qué flojera despertarse de megamadrugada, y si de por sí es una tortura ir a la escuela, estar ahí tan temprano es muy aburrido.

Las primeras semanas era normal que siguieran haciéndome preguntas acerca de mi papá y su trabajo. Y no los culpaba, sus papás no se dedicaban a cosas tan emocionantes (había un arqueólogo, un domador de fieras salvajes en el circo y un piloto aviador), pero llegó un momento en que empecé a cansarme de tantos interrogatorios. Lo bueno fue que desde que mi papá dejó de ir a recogerme, los niños del salón poco a poco se olvidaron del tema. Sólo uno empezaba a moler cada que podía, ya se imaginarán quién; pero ya no se metía con mi papá, el blanco de sus burlas era yo.

—¿Y tú cuándo vas a empezar a luchar, Charal Enmascarado?

—¿Y quién te dijo que quiero ser luchador?

—Igual no creo que puedas, estás muy flaco. Ni siquiera en eso te pareces a tu papá panzón; nomás en los pants grises.

—Te advierto que no te conviene burlarte de él.

—¿Y qué me va a hacer? ¿Una quebradora? Él no se sabe ni una llave.

Y yo aguantando eso todos los días de todas las semanas. Menos mal que en esa época no había Facebook ni

Twitter, porque de seguro me habría etiquetado hasta el cansancio con sus posts burlones. Mis maestros y mis papás mantenían una misma postura: "Ofrece la otra mejilla, no caigas en provocaciones, sé fuerte". Y eso último es justo lo que fui.

Durante tres años aguanté sin decirle gran cosa. Acabamos la primaria, entramos a la secundaria y el condenado Pecas muele y muele, hasta que un día, muy próximo a las vacaciones de verano de primero de secundaria, en pleno recreo, no pude más e hice lo inimaginable: lo agarré del cinturón, lo alcé y le apliqué una quebradora como Dios manda, y en cuanto intentó pararse, lo rematé con unas patadas voladoras. Nadie en el patio salía de su asombro.

¿Cómo? ¿No les conté que a los once mi papá me dio permiso de entrenar lucha libre? ¡Ups, creo que tampoco le dije al Pecas!

5

★ ¿TAMBIÉN TÚ? ★

¿Verdad que no la vieron venir esa sorpresita que les acabo de contar? ¿A poco no fue un recurso digno de los mejores escritores?

Dice mi editora que deje de pararme el cuello y que si me vuelve a descubrir presumiendo mis supuestas dotes de escritor, va a publicar diez de mis páginas sin corregir, para que se den cuenta de cómo escribo en realidad. Y que tengo que meterle punch al relato porque esto se trata de luchas.

Ya ven que con mis clases de ballet me volví súper ágil y elástico y gané mucha condición física, ¿no? Bueno, después me dediqué a atosigar a mi papá pidiéndole noche y día dos cosas: que me llevara a la arena y que me enseñara a luchar como él. Aunque le dio mucho gusto, no me dijo que sí luego luego, pues no quería que me distrajera de la escuela. Qué aburrido, pero al final llegamos a un acuerdo: si terminaba quinto de primaria con promedio mínimo de nueve, consideraría dejarme tomar clases de lucha libre.

A partir de entonces me convertí en Superñoño, claro. Apenas terminaba de comer, me ponía a hacer la tarea y a repasar las clases del día… Ya sé que no es lo más emocionante del mundo, pero no me negarán que tenía una gran motivación. Está bien, no los voy a arrullar con esos detalles, ni les contaré de la carga extra que tuve que aguantar del Pecas. Tampoco les voy a decir del negocio de tareas y respuestas de exámenes que puse con un amigo y que me sirvió para… Mmm, mejor no les doy ideas, no quiero que sus madres vengan para reclamar que soy una mala influencia. Tremendo rudo, sí, pero decente y muy elegante, cómo no.

Llegó mi cumpleaños número once y mi papá, de la manera más tierna e inolvidable, me despertó justo en domingo a las cinco de la mañana (un domingo de vacaciones, además). Me dijo que me iba a llevar por mi regalo. Yo pensaba que se trataría de un gallo desvelado o un vaso de leche recién ordeñada. Pero no. Me hizo darle cuatro vueltas al parque que está a unas cuadras de la casa. Me daban ganas de pedirles a los policías que patrullaban la zona que por piedad me rescataran de semejante bestia, pero la curiosidad era mucha. Después de la carrera, me llevó a un gimnasio veinticuatro horas (¿en serio hay algún salvaje que vaya al gimnasio a las tres de la mañana?) y me dijo, con toda la buena onda y dulce comprensión de que es capaz:

—¿Quieres aprender a luchar, muchacho imberbe? Pues ahora verás lo que es amar a Dios en tierra de indios.

¡Ay, no saben lo brutal que fue eso! Las cuatro vueltas al parque no fueron nada comparadas con los ejercicios que me puso mi papá: maromas, rodadas, recorrer el gimnasio agarrándome los tobillos. Yo nada más veía el ring y le preguntaba cuándo me iba a subir para practicar los vuelos, pero él apenas si contestaba:

—Cualquiera puede brincar como chapulín en comal, pero no todos tienen la capacidad de luchar.

Acabé ese entrenamiento sintiéndome como si me hubiera atropellado el carrito de los tamales, pero conducido

por una vaca lechera (y ni tamales ni leche de cumpleaños me dieron, por cierto). Y eso no fue todo, al día siguiente amanecí con calentura y no me podía ni mover. Mi mamá me llevó una pomada y me puso paños en la frente para bajarme la temperatura. Pero hubo algo que no se me bajó: las ganas de aprender a luchar. A lo mejor mi papá me puso esa arrastrada para tratar de desanimarme, o tal vez sólo quería que me diera cuenta de la realidad de la lucha libre, o de plano en su otra vida fue preparador físico del ejército de Gengis Kan (métanse a Wikipedia, no pongan esa cara de "¿quién?"). No sé cuáles fueron sus motivos, pero a mí no me iba a amedrentar. ¿Quería convertirme en un hombre hecho y derecho (a mis tiernos once años)? Ya le demostraría de qué era capaz. Sí, no les miento, más de una vez estuve a punto de rendirme, pero eso no iba a ocurrir.

Conforme transcurrieron las semanas me fui acostumbrando a lo pesado de los entrenamientos. Todavía no aprendía ninguna llave, pero todo tenía una razón de ser. Primero fueron clases de lucha olímpica, grecorromana, intercolegial, y sólo entonces empezaron las lecciones de lucha libre.

No fue necesario que mi papá me prohibiera hablar de las clases (no lo hizo, de hecho), yo preferí guardar el secreto para… ya saben, evitar a los eternos bullies de mi salón; bastante tenía ya con las angustias de mi mamá y mi tía (clásico que las mamás y las tías se truenan los dedos de preocupación por que no les pase nada a sus polluelos), aunque me veían tan emocionado que no se quejaban mucho. Qué tan entusiasmado estaría que no me importaba levantarme a las cinco de la mañana para entrenar y luego ir a la escuela. Y así pasaron muchos meses. Esos momentos padre-hijo no sólo fortalecieron nuestra relación, sino que dieron sus frutos en esa bendita quebradora que le apliqué después al Pecas. Me arriesgué a que me expulsaran de la escuela pero, por alguna razón que no entiendo, el Pecas no me delató. Sólo me dijo que él no era un llorón (pero sí que le saqué un par de lagrimitas, eso es seguro) y que ya le llegaría su revancha. Obvio yo no estaba asustado, desde entonces andaba yo más campante, pero me la pasaba solito, porque varias niñas me hicieron una fama de salvaje que para qué les cuento. ¿No que querían que me defendiera? Bueno, supongo que las niñas se fijan en que todo esté muy medidito, ni muy muy ni tan tan.

Cierto sábado, mi papá me dijo que no iríamos a entrenar al día siguiente porque teníamos cosas más importantes que hacer, y horas después, a las cuatro de la mañana, me despertó para que lo acompañara al aeropuerto (ese hombre estaba decidido a que no durmiera nunca). Puse cara de bobo por la sorpresa de ver ahí de pie, en la sala de llegadas, nada menos que a mi abuelo, que se había esfumado hacía como tres cumpleaños míos, y yo había tenido que contentarme con un par de postales desde entonces. Mis papás decían que no debía preocuparme ni ofenderme, que el problema era que la tecnología no se le daba tan bien al abuelo como para que nos mandara un mail o un whatsapp. Se supone que se había ido de viaje

dizque para encontrarse a sí mismo. Yo me imaginé que iba en plan hippie y que se convertiría en monje tibetano, o por lo menos en el conserje del monasterio.

Pasaron casi cuatro años y yo ya estaba resignado a no volver a verlo, aunque abrigaba una ligera esperanza. Ahora estaba de regreso, sip, mi deseo se convirtió en realidad.

Se veía un poco más viejo de como lo recordaba, pero era él. Lo acompañaba un chavo de rasgos orientales, quien sólo sonreía mientras mi abuelo y yo nos abrazábamos muy fuerte.

Perdón, tengo que cambiarme la máscara. Siempre me da el sentimiento cuando me acuerdo de ese reencuentro, y ya empapé esta capucha.

Esa misma tarde, mi abuelo me contó cómo había estado la cosa.

—¿Maravilla López?

—Así es, querido. Ese ser yo.

—¿Por qué nunca me lo dijiste?

—No creí que interesarte, pasártela con clases de ballet; nunca se me ocurrir que te emocionaría saber que abuelito es luchador.

—Siempre pensé que te habías ido para convertirte en monje o algo parecido.

—Casi, hijo. Me contrataron para gira de dos meses en Japón, pero gustó tanto mi trabajo, que quedarme un poco más.

—¿Un poco? Pero si fueron años.

—No recordármelo. De haber sabido que tendría tanto éxito en la gira, cancelaba el teléfono y la luz. Debo un dineral de renta.

—Esos son detalles, abuelo.

—Sí, pero detalles muy caros. Bueno, ahora no es momento de quejarse por las cuentas. Voy a compensar todo el tiempo que no estuve ahí para ti.

—¿En serio? ¿Me llevas a la arena?

—Claro, pero primero dejarme echar una siestecita, porque todavía no acostumbrarme a horario de aquí y caerme de sueño.

¿Y el chavo oriental que venía con él? No, no crean que se trataba de un luchador a quien iba a apadrinar. Es que mi pobre abuelo estuvo tanto tiempo en Japón, que se le olvidó el español y tuvo que contratar a un intérprete; se llama Tetsuya, y con el tiempo hemos aprendido a quererlo como a uno más de la familia.

6

★ LA ESCUELA DE LUCHA LIBRE ★

Una vez más, mi editora dice que esto no tiene pies ni cabeza (claro que no, es un libro, no una persona, ¡ja!). Así que retomaré alguno de los momentos clave de mi aprendizaje.

Ya saben que mi papá fue un maestro de lucha muy exigente.

—No sé si lo estás haciendo bien, o yo soy muy benévolo contigo, pero a lo mejor tienes una que otra facultad para ser luchador —¿verdad que el señor era todo ternura?—. Tal vez sea hora de que entrenes con alguien que se dedique específicamente a enseñar y pueda darte el tiempo y atención que un chamaco como tú merece.

—Pero yo quiero seguir entrenando contigo —le dije, apelando a sus más ocultos sentimientos (estaba seguro de que los tenía).

—¿Y acaso dije que ya no te voy a entrenar? Tú nomás no sabes escuchar. Te voy a llevar con un compañero que recién dejó la lucha y puso un gimnasio; es muy bueno y puedes aprender mucho de él. Yo seguiré trabajando contigo, pero lo que te voy a enseñar es a ser un gran rudo, como yo.

—No sé si quiero ser rudo…

—No se trata de que quieras o no. Para ser un buen luchador, debes manejar los dos estilos, si no, nunca vas a sobresalir en esto.

—¿Voy a ser profesional?

—No te adelantes, primero los estudios y ya después veré si te doy permiso de seguir mis pasos.

—¿Te imaginas? Seríamos los Exterminadores I y Júnior.

De la emoción, me puse a dar de brincos como menso.

—Si no te calmas en este instante, no llegarás ni a la puerta del gimnasio. Aquí no hay lugar para las babosadas.

—Perdón, papá, fue la emoción.

—Pues aprende a controlarte, porque arriba del ring tus rivales no te perdonarían un momento de debilidad, y debilidad es mostrar tus emociones tan a lo loco, por ejemplo.

Y fue así como, una semana después, mi padre me llevó al gimnasio del Caballero Galáctico:

—Parejita, aquí le traigo a mi chamaco, lleva un tiempo entrenando conmigo, pero ahorita mi agenda está llena y hay que sacar para la comida. Lo dejo en sus manos para que le enseñe todo lo que sabe.

—Con gusto, pareja —respondió el Caballero—. Oiga, parejita, aprovechando que anda por aquí, ¿cómo ve este lunar? No sé si me está creciendo o no.

—¿Otra vez con esas preocupaciones?

—Más vale prevenir, parejita. ¿Qué tal si sí es algo serio?

—Si usted lo dice.

—Por si las dudas, al rato voy a ir al consultorio que está a la vuelta, para que me revisen.

#◎#◎

Qué equivocado estaba al pensar que no había entrenador más duro que mi padre. El Caballero Galáctico me hacía sudar la gota gorda. Me puso una rutina de ejercicios muy severa, y cuando llegaba el momento de subir al cuadrilátero, me dolía hasta el apellido materno de mi madre. ¿Exigente? Sí, lo era. Pero tenía un estilo distinto al de mi papá, y eso me ayudó a adquirir más recursos. Además, aquí había varios alumnos con quienes practicar llaves, mientras él observaba qué hacía bien y en qué me equivocaba.

—No entiendo, profe —le dije un día, al terminar la sesión—. Usted se ve entero y es más joven que mi papá. ¿Por qué no siguió luchando?

—Mi salud me ha jugado malas pasadas, muchacho, y tengo que atenderla. Además, con el gimnasio me va bien: saco para mis medicinas y hasta me sobra para pagar la renta y algo de comida.

Algunos de los alumnos del Caballero ya eran profesionales, esos sólo venían dos veces por semana. Los demás estábamos aquí hasta cinco días, de martes a sábado. Los lunes sólo daba clases por las mañanas, en las tardes iba al médico.

Con mi papá seguí entrenando las rudezas, la manera de caminar en el cuadrilátero, cómo enardecer al público. Claro que esa lección a veces era peligrosa, como cuando se me olvidó que no estaba en el ring y le contesté a mi madre, muy metido en mi papel de rudo, cuando me preguntó cómo me iba en la escuela. Tres semanas castigado.

#@#@

Cualquiera pensaría que estaba en una situación inmejorable, con un maestro particular en casa, más las clases del Caballero, pero eso no duró mucho tiempo. Una tarde de verano, mi papá quiso retomar las sesiones familiares de cine. Yo sabía que lo hacía para estar cerca de mi mamá. A veces pasaba tanto tiempo fuera de casa, que quería compensarla de alguna manera. Pero sus viejos hábitos no cambiaban, y si bien trataba de mostrarle que seguía siendo aquel chamaco de quien se enamoró en el cine, también se empeñaba en dejar en claro que no hay lugar para las lágrimas en casa.

—¿Por qué pones esa cara? ¿Cuántas veces te he dicho que aprendas a controlarte? No está bien que te vean ponerte así. Es sólo una película.

—Pero, papá, se le quemó muy feo la casa al pobre…

—Nada de peros.

Lo malo fue que ese día tenía muy suelta la lengua:

—Ahorita no estamos en un ring, no sé por qué no te relajas un poco.

Yo ya esperaba el grito, el regaño. Pero mi padre sólo se levantó del sillón y dijo:

—No estaremos en un ring, pero mientras vivas en esta casa, no toleraré que te comportes de una manera tan débil, y mucho menos que me hables así. Y hasta que no entiendas, se acabaron las clases de lucha conmigo.

Mi madre prefirió mantenerse al margen de la discusión. No puedo culparla, me pasé al contestar así. Aunque la verdad sea dicha, bien podría haber opinado algo sobre hacer pucheros en las películas, pero a ella esas escenas no la conmovían (a buena hora se dedicó a ver los errores de filmación y el camarógrafo colado), y sólo murmuró algo que ni entendí.

Lo bueno era que el castigo no aplicaba para las clases con el Caballero Galáctico… siempre y cuando yo me las pagara. Pensé que hasta ahí llegarían mis entrenamientos, estaba por entrar a la preparatoria y tenía que estudiar un buen, eso me dejaba poco tiempo para trabajar. Abatido, fui a buscarlo al gimnasio.

—Profe, tengo que hablar con usted.

—¿Todo bien? Te ves preocupado. ¿No te estarás enfermando? Deja veo en mi botiquín qué puedo darte…

—No, profesor, de eso estoy bien.

—¿Nada contagioso, entonces?

—Nada. Vengo a despedirme de usted.

—¿Por qué? —preguntó asombrado mi mentor—. Vas muy bien. Está mal que te lo diga, pero eres de mis alumnos más aventajados.

—Surgieron unas cosas; ya sabe, imprevistos —no quería darle mucha información—. No puedo seguir pagando las clases…

—No tienes que pagar nada, muchacho.

No estaba seguro de haber escuchado bien.

—¿Cómo? La mensualidad está por vencerse…

—Y ya vinieron a renovarla; de hecho, dejaron un semestre pagado por adelantado.

—¿No hay un error?

—Seré distraído, pero para las finanzas del gimnasio sí pongo mucha atención.

—No estoy seguro de entender.

—Tú olvídate de eso y sigue viniendo a entrenar, como siempre.

—Gracias, profe.

Estaba por irme, todavía sin comprender qué había pasado, pero mi maestro me detuvo.

—¿No quieres unos baños coloides?

—¿Cómo?

—Son polvos para aliviar la dermatitis. El doctor me los recetó para una irritación que tengo en la pierna, pero leí mal la receta y compré catorce cajas de más.

#©#©

Esa noche, al llegar a casa, mi tía estaba platicando con mi mamá en la sala. Ambas me sonrieron.

—Cuando ganes tu primer campeonato, nos dedicas la lucha, con eso estaremos a mano —mi madre me guiñó un ojo.

—Gracias —musité con timidez.

Lo bueno es que además de bonito, soy muy listo.

A mi papá se le bajó el coraje. No pudo seguir entrenándome porque tuvo muchísimo trabajo el resto del año, pero estaba orgulloso de que su hijo hubiera dado un paso importante hacia la madurez al conseguir un trabajo para pagar sus clases de lucha.

No me juzguen, una mentirita piadosa no hace daño de vez en cuando.

7

UN PEQUEÑO GRAN PASO PARA EL LUCHADOR

Una de las ventajas de entrenar con el Caballero Galáctico es que nos obliga a tomarnos la lucha muy en serio. Además nos motiva para alcanzar nuestras metas. Quienes ya eran profesionales debían demostrar su progreso ganando sus luchas y consiguiendo mejores lugares en las carteleras. Los que apenas empezábamos teníamos otra prueba aún más dura: conseguir la licencia de luchador.

Y la licencia no se obtiene de un día para otro. Se requieren años de entrenamiento, y mi profesor no le daba su visto bueno a cualquiera para que presentara el examen de luchador profesional, que es muy duro.

—¿Y a mí cuándo me manda al examen, profe? —esa era una de las preguntas que más le hacíamos. Su respuesta siempre era la misma:

—Yo te diré cuando estés listo, no comas ansias.

Pues hasta el día de mi cumpleaños dieciocho me dijo que era mi turno. Tenía dos meses para preparar el examen.

Este es un capítulo muy importante y debe estar muy bien narrado, lo mejor será que contrate a alguien más para que lo escriba:

> Era una noche oscura y tormentosa. El rítmico caer de la lluvia arrullaría a muchos, asegurándoles una noche de plácido descanso, pero el gallardo mozalbete experimentaba precisamente lo contrario. La ansiedad se había apoderado de él y sólo daba vueltas en su lecho, en busca de una posición que le permitiera conciliar el sueño. Los nervios por la dura prueba a la que se enfrentaría a la mañana siguiente lo tenían en un estado de alerta máxima...

¡¿Cómo que no puedo poner a alguien más a escribir por mí?! ¡Estúpidas letras chiquitas del contrato! Mi editora es muy exagerada, y ahora hasta espiritista me salió. ¿Qué es eso de "escritor fantasma"? Yo no hablo con los muertos ni les mando whats o mensajes por inbox. Aunque pensándolo bien, no estaría mal un luchador que se llamara Escritor Fantasma. ¿Cómo sería su máscara?

Haber, vamos a kontar el kuento de kómo le hize para sacar mi lisencia de luchador, y debo comfesar que la konseguí a la primera, ay, si fue una experiensia bien bonita...

¡Espérese, señorita editora! ¡No me haga eso! ¿Qué van a pensar mis admiradores? Le propongo un trato, usted se encarga de que las páginas salgan así bien bonitas y bien *escribidas* (¡ya, no me castigue!), y yo me encargo de darle los textos en las fechas que me pidió.

Bueno, ya, dejo de interrumpir.

#@#@

Íbamos en que el examen era dentro de dos meses, tenía que redoblar mi preparación a como diera lugar. Para mi buena fortuna, había terminado el año escolar (con honores, debo admitir lleno de falsa modestia), así que podía pasarme el día entero en el gimnasio si así lo quería. Y diré que mi maestro fue más exigente que de costumbre y que trabajamos mucho la resistencia del cuello.

En casa, mi mamá fue muy solidaria y hasta modificó la dieta de toda la familia para que yo pudiera comer la proteína necesaria y llegar con buen peso y condición al examen. Mi abuelo intentó ayudarme con algunas clases. Le salían muy bien las llaves, todavía me duele la espalda por algunas que me aplicó, pero tenía dificultades para explicarme los tips para que yo pudiera hacerlas, porque su intérprete no sabía nada de lucha libre y no tenía idea de cómo traducir las indicaciones. Mi papá, para mi sorpresa, volvió a despertarme a las cinco de la mañana (ese hombre tiene maneras muy raras de demostrar su cariño) y me acompañaba al gimnasio para supervisar mis rutinas de pesas, cardio y hasta repasar las bases de la lucha olímpica, grecorromana, intercolegial… Durante el tiempo que duró mi preparación no tuvimos fin de semana de cine, no fuera a ser que nos peleáramos nuevamente. ¿Mi tía? Pues ya no me daba clases, pero sí me echaba porras y hasta me recomendaba biografías de grandes personajes para motivarme más.

Tres días antes del examen, mi papá empacó y salió a un nuevo viaje de trabajo.

—Te hablo por teléfono para avisarte cómo me fue —le dije al despedirme.

—No te preocupes, me voy a enterar.

#@#@

La noche anterior no fue oscura ni tormentosa, pero sí estuve muy nervioso, que para el caso es lo mismo. Mi mamá preparó té para que pudiera relajarme, pero ni con toda la jarra pude calmarme un poco; sino al revés: me la pasé yendo al baño. Supongo que fue como a la

1 de la mañana cuando logré conciliar el sueño. Había puesto la alarma para las 5:30, pero tenía tanto miedo de quedarme dormido que me desperté por mi cuenta media hora antes (sí servían los métodos de tortura medieval de mi papá). Salí a trotar un poco y regresé para darme un regaderazo (esa frase siempre me suena a que me pegué con la regadera, pero dejémoslo en que me bañé muy rápido). A las seis y media ya estaba a bordo del camión que me dejaría a un par de calles de la sede del examen: la legendaria Arena del Centro.

Estar frente a ese lugar era imponente. Esa fue la primera gran arena de lucha libre, donde nuestras máximas leyendas protagonizaron algunos de los combates más importantes. Muchas máscaras y cabelleras cayeron en aquel cuadrilátero, por no decir la cantidad de campeonatos que se ganaron bajo esas lámparas.

Fui el primero en llegar, a las 7 en punto. Cinco minutos después comenzaron a llegar más aspirantes. A algunos los conocía pues éramos compañeros en el gimnasio del Caballero Galáctico, pero a muchos más nunca los había visto. Más o menos media hora después abrieron las puertas de la arena, nos pidieron que nos sentáramos en la primera fila. Todavía nos tuvieron unos minutos esperando hasta que de la pasarela por donde desfilan los luchadores salieron los sinodales y subieron al cuadrilátero.

—Hoy es un día muy importante para muchos de ustedes, van a presentar su…

Y ya ni me acuerdo de qué tanto nos dijeron. Luego nos pusimos a trotar alrededor de la arena y empezaron los ejercicios de calentamiento. Entonces escuché una voz que me puso las piernas como de gelatina.

—Van a subir al ring en parejas. Hagan puentes olímpicos. A ver qué tal están esos cuellos.

¡El mismísimo Exterminador era uno de los sinodales!

#@#@

Les juro que fueron las cuatro horas (¿o cinco?) más largas de mi vida. Hicimos varias rutinas de ejercicios, entradas y salidas del cuadrilátero, lucha olímpica, grecorromana… Y conforme seguía el examen, el grupo era cada vez más chico. ¿A dónde se iban todos? Puse atención y escuché a uno de los evaluadores decirle a un concursante a mi lado: "Terminó tu prueba, aún no estás listo; regresa el próximo año". No podía permitirme (más) nervios ni distracciones, pero darme cuenta de cómo iban descartando a los aspirantes sí que imponía. Estuve a punto de resbalar en una de las salidas, pero logré recomponer el lance.

Llegó la última parte del examen y sólo quedábamos seis de los treinta que empezamos. Lucha libre profesional. Hicieron un sorteo para ver cómo nos enfrentaríamos. Tres mano a mano. Seis aspirantes y tal vez sólo uno, o ni uno, conseguiría la anhelada licencia de luchador.

—¿Por qué no me dijiste que tú me aplicarías el examen? —le pregunté a mi papá más tarde.

—Ni yo lo sabía. Ayer en la mañana me avisaron que uno de los profesores se enfermó y me pidieron que lo sustituyera. Por suerte mi última lucha era en la tarde, y ellos me mandaron el boleto de avión para que llegara a tiempo a la arena.

—¿Cómo lo hice?

—No puedo decirte. Secreto profesional.

—Ándale, pa', no le digo a nadie.

—¿Como cuando prometiste que no divulgarías mi identidad en tu escuela?

—Pero era un niño, agarra la onda.

—¿O como cuando prometiste que no le dirías a tu madre que yo rompí el jarrón de su abuela?

—Yo no le dije de eso.

—¿Que rompiste qué? —justo en ese momento, mi mamá entraba en la sala.

—Nada, nada.

—¿Por qué no nos dijeron quién pasó el examen? ¿O nadie lo pasó?

—No comas ansias. Llegaste hasta el final en tu primer intento. No cualquiera lo logra.

—¿Estás orgulloso de mí?

—Tuviste algunos errores y tus salidas de bandera no fueron las mejores, pero no lo hiciste mal.

Ese hombre es terco como una pared, pero conociéndolo como lo conozco, sabía que, a su modo, me estaba felicitando.

—Ahora que ya terminó el periodo de examen, vamos a retomar los fines de semana de películas.

Y por supuesto volvimos a pelearnos cuando lloré en la escena más triste.

#@#@

Una semana después recibí la llamada de la Comisión de Box y Lucha. ¡Había aprobado el examen y debía ir a sus oficinas para recoger mi licencia! Casi me quedo afónico de la emoción. En el gimnasio del Caballero Galáctico me recibieron con aplausos, y los profesionales comenzaron a decirme "colega".

Miren, esta es mi licencia. ¿Perdón? No, no voy a quitar el pulgar de la foto; nadie puede conocer mi rostro. Tampoco quitaré la tira de papel de encima de mi nombre. Confórmense con saber que "C/M" significa que tengo permiso de usar máscara. Así de bueno fue mi examen. (Sí, ya sé que no debo ser tan presumido.)

8

★ LISTOS O NO, AHÍ LES VOY ★

No vayan a creer que hice mi debut al día siguiente de que me dieron mi licencia; la cosa no es así nada más. Mi maestro, mi papá y yo decidimos que primero tenía que pulir mi técnica. Aprobé el examen, sí, pero como bien señalaba el tierno Exterminador, las salidas de bandera me daban problemas, y eso por hablar sólo de un detalle. Además, apenas me había graduado de la prepa y estaba con el típico dilema de qué hacer con mi vida. No estaba seguro de si de veras quería seguir los pasos de mi papá. Es que él era un gruñón y de pronto pensaba que para ser luchador había que tener sus malos modos todo el tiempo, y yo pues nada que ver, igual y tenía más los gustos de mi mamá.

Pero pasó algo que me hizo decidirme por fin.

Recordarán que les dije que Landrú y Alvin narraron la primera lucha del Conde Alexander. Y es verdad, la primera lucha formal. Pero esa no fue mi primeritita vez en el ring ya en serio, con público y así.

—Necesito que me ayudes, muchacho —me dijo un día el Caballero Galáctico, en cuanto llegué al gimnasio.

—Seguro, profesor. ¿Quiere que le traiga algo de la farmacia?

—No es eso, gracias. Se trata de algo más.

—¿Le pido al doctor otra copia de la receta?

—Tampoco. Lo que pasa es que este fin de semana es el aniversario de la colonia y les prometí a los vecinos que daría una función como parte de los festejos. Y quiero que luches ahí.

—¿Yo? ¡Pero no estoy listo!

—Soy tu maestro y he visto tus avances. Estás más listo de lo que crees. Deberías confiar más en ti mismo.

Si apenas pude dormir la víspera de mi examen de luchador, ahora de plano no pegué los ojos. Mi papá me aconsejó tomarme las cosas con calma.

—No es una función profesional, no habrá periodistas que hablen mal de ti si te equivocas y te servirá para tener tu primer contacto con el público. Disfruta la experiencia.

—¿Me dejas anunciarme como tu júnior?

—Si te atreves, te desheredo.

Mi abuelo fue un poco más comprensivo:

—Honorable padre suyo no sentir vergüenza de ti —tradujo Tetsuya—. Él sólo querer que fracases con nombre propio… Perdón, que triunfes o fracases con nombre propio. Depender de nadie para el éxito ser una gran bendición.

—Pero también sería bueno saber que cuento con su respaldo, que crea que soy digno de seguir sus pasos, que no estoy solo porque él me va a apoyar, y dejarme usar

74

su nombre sería una buena manera de demostrarlo. Ay, abuelo, no sabes lo que es…

—Honorable joven —me interrumpió Tetsuya—, ruego a usted no hablar tan rápido. Abuelo suyo no comprender mi traducción si sigue hablando.

—Pregúntale nada más si me acompañaría a la lucha.

—Para él ser un honor que usted pedir eso. Y para demostrárselo, por favor acepte una invitación suya a comer sushi.

—Acepto encantado. Además, necesito pedirle un favor.

#@#@

El día de la función instalaron un ring en el parque de la colonia, también un par de carpas como vestidores. Mi profesor me había programado en la primera lucha y me puso en el bando de los técnicos.

—¿Nervioso, muchacho? —me preguntó el Caballero Galáctico.

—No sé ni qué siento, profesor. Me tranquiliza que es la primera de la noche, si algo sale mal, la gente tendrá otras cuatro luchas para olvidar la mía.

—Nunca subestimes una primera lucha, muchacho. De ustedes depende que el público entre en ambiente. Un mal comienzo de la función puede echar a perder todo lo demás.

—Oiga, profesor.

—Dime.

—Ahora sí estoy nervioso.

Nunca subestimes una primera lucha, muchacho

Les aseguro que si me hubieran visto ese día, no se imaginarían el rudazo en que me iba a convertir. Esa tarde porté unas mallas, calzón y botas que me prestó mi abuelo; parecía luchador de los años 50. Cuando el anunciador coreó mi nombre, seguro que puse cara de pánico mal disimulado, pero alcé la mano y saludé al público, que no me dijo nada… No es cierto, sí me gritaron, y de todo: "Lombriz con nudo", "Hay que comer más seguido", "Charal atómico"… Algunos de sus gritos me hicieron gracia, lo confieso; me costó mucho trabajo no reírme delante de ellos, pero de lo contrario no me hubieran tomado en serio.

Había que ganar dos de tres caídas. Hice pareja con un chavo al que presentaron como el Bravo del Norte.

Nuestros rivales se hacían llamar los Wilburys I y III. Al principio los nervios me traicionaron y dos veces resbalé al tratar de subirme a las cuerdas; la gente se dio gusto burlándose, mientras que nuestros rivales aprovecharon esto para ganarnos en la primera caída. El Bravo del Norte sólo me dijo que no me preocupara y me la pasara bien. Claro, no es tan fácil pasártela bomba y disfrutar la experiencia cuando te están azotando contra la lona y cayéndote en plancha desde la tercera cuerda.

En la segunda caída logré controlar mis nervios. Me olvidé de las cuerdas y obligué a mis rivales a luchar a ras de lona, con llaves. Ellos se sorprendieron por el cambio en mi estilo y no pudieron seguirme el paso. El Bravo del Norte entendió mi estrategia e hizo lo mismo. Antes de que los Wilburys pudieran reaccionar, los rendimos con un par de tapatías.

Para la tercera caída me sentía en mayor control de la situación, incluso me di el lujo de subirme a la tercera cuerda y aventarme una plancha sobre uno de los Wilburys. Habría sido muy lindo que el malvado no se quitara. El golpe me sacó el aire y ya no pude hacer mucho, me rindieron con un castigo a las piernas. A pesar de la derrota, mi profesor me felicitó:

—Oye a la gente, muchacho. Se burlaron de ti, te gritaron de todo, pero nunca te ignoraron. Si aprendes a manejar al público, tienes futuro en este deporte.

—¿Y qué tal luché?

—No lo hiciste mal, pero tenemos que perfeccionar algunos detalles.

¿Fotos? Claro que tengo fotos de esa lucha, pero no se las puedo enseñar. ¿No les dije que luché sin máscara? Es que en ese momento no tenía definido mi personaje todavía, me presenté simplemente como Maravilla López Júnior (gracias, abuelo).

Aquella noche me quedé hasta tarde pensando en cómo había reaccionado la gente a gritos locos con cada llave que hacía. No estaba nada mal, era todo lo contrario de ver una película triste y que mi papá se pusiera furioso conmigo porque me metía demasiado en los dramas de los personajes. En cambio, las luchas me hacían sentir más parecido a él, poderoso (aunque fuera en pants). Si ya en la secundaria y la prepa había podido evitar ponerme sensible a la menor provocación en la pantalla, por ejemplo, y sólo para tener contento a mi papá, claro que podría echarme a la bolsa a todo un público para tener un buen futuro en las luchas, como decía el Caballero.

En los días siguientes hasta sacaba el pecho y contoneaba los hombros al caminar nomás de acordarme de los gritos y las porras de la gente. Y así me convencí de que el ring era lo mío.

9

✦ UN MAL PASO LO TIENE CUALQUIERA ✦

¿Pago por esa lucha? No lo hubo. Al menos no mone-
tario, porque una vecina sí que nos invitó a comer mole
a todos los que luchamos ese día.

—Profe, si vuelve a necesitar a alguien para una función, cuente conmigo.

—¿Te gustó la experiencia?

—Me gustará más si en la siguiente gano.

Y no pasó mucho antes de poder intentarlo otra vez.
El promotor de la arena Tres Caídas fue a buscar a mi
profesor y le propuso un enfrentamiento entre escuelas:
seis de sus mejores elementos contra los seis alumnos más
aventajados de nuestro gimnasio. El Caballero Galáctico
aceptó la oferta entusiasmado. Conformó su grupo con
cuatro de sus alumnos profesionales y dos de los novatos
que ya teníamos licencia, el Bravo del Norte y un servidor.

—Señores, dentro de un mes tendrán una oportunidad que no le llega a todo el mundo. Van a representar a
este gimnasio y enfrentarán a seis de los mejores alumnos
de la arena Tres Caídas. De sobra está decir que va de

por medio el orgullo de este gimnasio, y si logramos ganar el torneo, tal vez alguno de ustedes pueda integrarse al elenco de esa empresa, aunque sea por unas cuantas fechas.

Las semanas que siguieron fueron muy pesadas. El Bravo del Norte y yo teníamos cero experiencia y debíamos estar al nivel de nuestros compañeros profesionales si queríamos hacer un papel decoroso. Los entrenamientos para nosotros fueron especiales. Debíamos llegar una hora antes que los demás.

La condición física sería clave. Nuestros rivales eran profesionales y manejaban un estilo muy rápido, si no les seguíamos el paso, barrerían el ring con nosotros. Salidas de bandera, mortales hacia el centro del ring, maromas, caídas, llaves, topes… todo lo practicábamos diario. El Caballero no me decía nada, pero yo sentía que todavía no estaba a la par de los demás. Estaba muy presionado, no quería decepcionar a mi maestro. Una semana antes de la función, me llegó aquel mensaje suyo diciéndome que tenía un imprevisto y no podría entrenarme, pero que no faltara… Ya saben a qué me refiero. Fue la vez en que se quedó atorado en el baño y eso sirvió para que conociera a Vladimir, que por fin se había salido con la suya porque siempre había querido tener su alumno particular, pero hasta ahora nadie le había hecho caso. No podían creer que supiera todo lo que sabe ese escuincle.

—¿Y lo ha puesto a luchar alguna vez? —le pregunté un día al Caballero.

—Nunca se ha subido al ring, pero no lo necesita. Es un estudioso, eso es lo suyo, con sólo ver cómo te paras en un cuadrilátero, sabe dónde están tus puntos débiles.

Al Caballero Galáctico le pareció una buena idea que Vladimir se integrara a mi equipo de maestros. Yo todavía tenía mis dudas, pero para el segundo entrenamiento se me quitaron. Los consejos de mi petit máster (no le cuenten que le digo así, le choca que le recuerden que está chaparro) eran muy buenos para pulir los detalles más finos, como la manera correcta de aplicar un candado, o de qué lado sujetar al rival para que no pudiera zafarse de un tirabuzón.

El día de la función me sentía tranquilo, confiaba en que las enseñanzas de mi maestro combinadas con los tips de Vladimir y varios enfrentamientos con los demás contendientes del gimnasio serían la clave para mi primer gran triunfo, y nada menos que en la catedral de los gladiadores independientes. Las paredes de la arena Tres Caídas encerraban mucha historia. Varias de las grandes figuras de la lucha iniciaron su carrera en este recinto. Su afición era muy exigente, si no les gustaba tu desempeño, no tenían empacho alguno en hacértelo saber. Sus abucheos podían acabar con la confianza de cualquiera. Además, esta arena había sido usada infinidad de veces para filmar películas, programas de tele, comerciales. Sus funciones siempre contaban con muy buena cobertura por parte de la prensa especializada. No cualquiera tenía la oportunidad de presentarse en ella, mucho menos en la segunda lucha de su carrera.

Nos recibió el promotor de la arena, un señor serio pero amable:

—Jóvenes, bienvenidos, están en su casa. Disfruten la función y no dejen que mis muchachos les carguen mucho la mano.

Se sentía muy raro estar en esos vestidores, tenían baños con regadera, una sala con pesas, enfermería. Me preguntaba si así serían todas las arenas. Poco a poco llegaban los luchadores. Terminé de ponerme mi equipo y me reuní con mi grupo en un rincón, donde el Caballero Galáctico nos daría las últimas indicaciones. Y a partir de ese momento, todo fue… cuesta abajo. ¡Ay!

Primer desastre: El Caballero Galáctico no vio bien dónde pisaba y se resbaló. Trató de agarrarse de la pared y lo único que consiguió fue rasparse la mano con el tirol, con tan mala suerte que le salió un poco de sangre. El pobre no recordaba si aún estaba protegido contra el tétanos o si su vacuna ya había vencido. Después, alguien estornudó en el vestidor y al ratito mi profesor ya sentía que tenía fiebre. Y esa falta de confianza fue como un mal augurio.

Segundo desastre: Salimos de vestidores rumbo al cuadrilátero y vimos que la arena estaba llena. Ni el Bravo del Norte ni yo tuvimos la precaución de asomarnos antes (o de preguntarle a alguno de los que ya habían luchado) y ahora nos encontrábamos ante una muchedumbre que apoyaba a los gladiadores de casa, y para la cual no estábamos preparados. El Caballero Galáctico se dio cuenta de nuestro pánico escénico y nos dijo que fuéramos los últimos en subir al ring para dejar que se calmaran los ánimos de la gente. Pero como tenía un tapabocas debajo de su máscara, nos costó trabajo entenderle.

Tercer desastre: Entre el público, sentados en tercera fila, no sólo estaban mi madre y mi abuelo (y Tetsuya, por supuesto), también se encontraba mi papá. ¿Cuándo regresó de su gira? ¿Por qué no me dijo que vendría? Y lo que era peor: se había levantado de su lugar y fue a saludar al promotor. Y mientras le decía algo, me señalaba. ¡Ay, nanita! Me sudaban las manos. Se me olvidaron los consejos de Vladimir. Y, para colmo, me di cuenta de que tenía las botas mal amarradas. En eso sonó el silbatazo.

Cuarto desastre: Me tocó enfrentarme a un chavo muy delgado (ni recuerdo su nombre) pero que era muy popular en la arena. Había muchas pancartas para él en las gradas. Para mi sorpresa, me tendió la mano. Caballerosamente se la estreché, y aprovechó para azotarme contra las cuerdas y recibirme con un fuerte golpe de antebrazo y luego rematarme con patadas voladoras. La gente se burlaba de mí por haber caído en ese truco tan viejo. ¿Conque ésas teníamos? Pues le iba a demostrar que no podía engañarme tan fácilmente… o al menos no muchas veces. Más por orgullo que por otra cosa, recordé las enseñanzas de mi papá (y mi abuelo, mi profe y mi petit máster) y comencé a demostrar todo lo que había aprendido. El público cambió sus abucheos por aplausos, y mis compañeros festejaban mis acertados lances. Justo cuando regresé a mi esquina y di el relevo, se soltó una tormenta.

Continuó la batalla y llegó mi turno de subir nuevamente al ring. En ese momento el techo colapsó y el cuadrilátero se inundó. Yo iba corriendo hacia las cuerdas y me resbalé. Lo de menos fue la carcajada de la gente, el gran problema fue que mis piernas se abrieron demasiado y sentí claramente cómo se me desgarraba el músculo. Por más que lo intenté, no pude seguir. Fui el primero de mi equipo en ser rendido. Me llevaron en camilla a los vestidores.

10

★ HAY QUE OLVIDAR LO PASADO ★
SI LA CULPABLE ES LA SUERTE

No sé cuántas veces vi el video de aquel enfrentamiento. Le ponía pausa en el momento de la caída y le regresaba; hasta lo pasaba en cámara súper lenta. El resultado siempre era el mismo: la gente carcajeándose, mi cara desfigurada en un rictus de dolor imposible, la aparatosa caída; al menos compuse la postura en el aire y no me lastimé un brazo también.

—Es parte de la lucha, hijo —mi padre estaba particularmente comprensivo esa noche—. Mañana te llevo con el terapeuta que me revisa, verás que te saca la contractura en un par de minutos.

—¿Tan rápido?

—En realidad no, yo creo que por lo menos te echarás dos meses sin poder luchar.

El terapeuta tenía métodos muy peculiares. Sus masajes a veces eran más peligrosos que cualquier llave que pudieran aplicarme, con la desventaja de que no estaba bien visto que tratara de hacerle una de vuelta. (Sólo lo intenté una vez… bueno, dos.) Para no perder la condición física, todos los días ejercitaba brazos y pecho, pero no podía esforzarme mucho con las piernas.

A quien le debo mi recuperación es a Vladimir. Podría asegurar que es un fisioterapeuta disfrazado de mocoso. Sus conocimientos no se limitan a la técnica de lucha: sabe muchísimo de rehabilitación, y además, gracias a todas las veces que ha acompañado a su tío a la farmacia, supo perfecto cuáles eran las pomadas que necesitaba esa vez. Y de pilón movió sus influencias para conseguirme pases a un gimnasio con tina de hidromasaje, qué felicidad, era buenísimo para los músculos lastimados. (Bueno, sus influencias consistieron en no pedir permiso para usar esos pases, y su mamá lo castigó.)

Cuando por fin pude regresar a los entrenamientos...

—Poco a poco. Estás fuera de ritmo. No quieras volar si no manejas la lucha a ras de lona.

—Es frustrante, esto ya lo dominaba.

—El conocimiento está ahí, es sólo que tu mente y cuerpo vuelvan a conectarse.

Finalmente llegó mi última consulta con el fisioterapeuta (nunca le conté que le hice más caso a Vladimir que a él). Estaba en la sala de espera hojeando revistas y periódicos viejos cuando de repente se abrió la puerta y se oyó una voz familiar que me hizo levantar la mirada de mi lectura: era mi papá quien cruzaba el umbral. Y llevaba muletas.

—¿Qué haces aquí? ¿Qué te pasó?

—Gajes del oficio.

—¿Un rival?

—Me resbalé en los escalones de los vestidores.

Y así fue como llegó a su fin la carrera del Exterminador. No tuvo una caída aparatosa, pero llevaba tantos años de actividad, que al final sus rodillas lo resintieron.

—Mejor me retiro ahora, que todavía puedo moverme, y no hasta que me pase algo peor.

Me quedé con la boca abierta, no podía creer que mi papá se estuviera retirando del ring. Y mi mente voló: entrar de niño a una arena por primera vez había sido algo asombroso. Los guardias de seguridad saludaban a mi papá como un amigo de años y, al poco tiempo de que empezara a acompañarlo, me trataron como si fuera uno más de la pandilla. Si cuando lo veía por televisión me emocionaba, en vivo era una experiencia todavía más punch. La música que ponían cuando salía de los vestidores y se encaminaba a la pasarela. Sí, quería verlo triunfar siempre, pero muchas veces saber que enloquecía al público era suficiente para sentirme de lo más orgulloso. No era simpático cuando sus rivales lo golpeaban, y en más de una ocasión quise subirme al ring para ayudarlo, pero sabía que él podía con eso y más. Y si para mí había sido súper emocionante verlo en un cuadrilátero, lo que él sentía cuando estaba en el ring tendría que ser lo más loco del mundo, sobre todo cuando se despojaba de su capa y empezaba a luchar.

—¿Y no te van a hacer una función de despedida? —le pregunté ya en la casa.

—¿Para que den discursos cursis? No, gracias, así está bien. Nadie hizo ruido cuando llegué, ahora es mi turno de irme en silencio.

—¿Y qué vas a hacer?

—Primero voy a descansar unas semanas, y ya que me recupere, hablaré con algún promotor, a ver si hay chance de trabajar en sus arenas. Tengo ahorros para emergencias.

—Me imagino que habrá muchos cambios en tu rutina.

—Todo cambio es para mejorar. Tal vez hasta haga sesiones de cine con tu madre y contigo dos veces por semana.

No pasó mucho tiempo para que se vieran los cambios. Mi papá cumplió su promesa (no la de los ciclos de cine, afortunadamente) y empezó a buscar a los promotores. El primero fue el de la arena Tres Caídas, y para mi sorpresa, no pidió trabajo para él, sino que me dieran una oportunidad para luchar ahí.

—No pudiste mostrar mucho, pero no tuviste la culpa de ese accidente. Me gustó lo que vi arriba del ring —me dijo el promotor cuando fui a verlo a su oficina—. Tienes facultades, tal vez le agrades al público. Te voy a dar tres luchas de prueba.

—Gracias, señor.

—Agradécele a tu padre, te tiene fe. Pero debemos hacer algunos cambios. No quiero a Maravilla López Júnior. No me lo tomes a mal, pero necesito que desarrolles tu propio personaje. Si te encasillas con el de tu abuelo, nunca tendrás estilo propio. Tráeme una propuesta la próxima semana. Y piensa en usar máscara, a la gente le gusta el misterio.

—Tranquilo, no te presiones —me recomendó esa misma tarde el Caballero Galáctico.

—Es que no se me ocurre ninguna idea. ¿Por qué tengo que cambiarme de nombre?

—Muchos de los grandes luchadores tuvieron otros personajes antes de alcanzar la fama —respondió Vladimir—. Ahí está Black Man, que antes era la Gacela.

—Además, Maravilla López Júnior sólo duró dos luchas, nadie se va a acordar de él —dijo el Caballero Galáctico.

—Y está la ventaja de que la máscara te ayudará a ganar confianza y a comportarte sin ninguna inhibición.

Como siempre, Vladimir tenía razón (bueno, el Caballero Galáctico también). Después de descartar algunos nombres, como el Paramédico y el Psicosomático (sugerencias de mi profesor), hicimos una lista con las características que debía tener mi personaje.

—Elegante, un caballero abajo del ring, pero implacable arriba de él. Debe ser un noble con alma guerrera —sugirió Vladimir.

—Un aristócrata pero bien rudo —agregó el Caballero Galáctico.

—Me gusta. Podría ser el Lord.

—Es difícil de pronunciar. Tiene que ser algo que no le cueste trabajo a la gente —otra vez, Vladimir estaba en lo cierto.

—¿Qué tal un Conde? —propuso mi profesor.

—Me gusta, pero tiene que llevar algo más.

—¿El Conde Sangriento? ¿El Conde Salvaje? ¿Súper Conde? ¿El Conde del Mal? ¿El Conde Enfermo?…

—Ay, tío —lo interrumpió Vladimir—, primero salvaje y luego enfermo, qué ocurrencias. Mejor algo simple, que se te quede grabado luego luego y que sea distinto a todo lo demás.

Volteé a ver a mi petit máster. Podrá ser un chamaco, pero es muy listo.

—¿Qué les parece el Conde Alexander, así, a secas? Sin adjetivos —les dije.

—Me gusta —dijo Vladimir con cara de contento—. No hay que buscar muchas explicaciones. Nadie se pone nombres de pila normales. Todo mundo quiere apantallar con nombres rimbombantes, pero tu toque de distinción, aparte de lo de aristócrata, será un nombre simple, lo simple es elegante.

Listo. Ahora sólo faltaba diseñar mi máscara. (Nunca creí que un día me iban a servir todas esas máscaras que dibujaba en mis ratos libres, cuando era niño.)

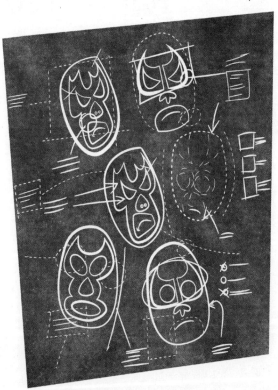

11

✦ EL CHISTE ES EMOCIONAR A LA GENTE ✦

¿Y cómo le hice para aguantar tanto entrenamiento? Pues por las ganas de demostrarle a mi papá que tenía madera para seguir sus pasos y por el orgullo para no dejarme derrotar a las primeras de cambio.

Ahora era mi turno de experimentar lo mismo que él.

Mi máscara sería algo clásico, sin tantos adornos, y al mismo tiempo tenía que imponer respeto con su porte.

—Me gusta. Ve a esta dirección —me dijo el promotor y me dio una tarjeta—. Busca al señor Pedro o al señor Óscar y diles que vas de mi parte, ellos te van a confeccionar tu equipo. Luego planeamos bien tu debut. Recuerda: si te aplauden al cabo de tres luchas, te quedas; si no te hacen caso, adiós, que te vaya bien.

—¿Tiene idea de cuánto me van a cobrar por el equipo?

—El primero te lo voy a regalar yo. Cuídalo bien.

#@#@

La primera vez que me puse la máscara fue una sensación muy especial. Ahora no simulaba ser el Exterminador ni Maravilla López Júnior, era mi propio diseño (y de Vladimir y el Caballero Galáctico). Ya no era un niño jugando al luchador, estaba por convertirme en el luchador que tal vez los niños quisieran imitar.

Mi papá, a su modo, me dio su visto bueno:

—Mete la panza y saca el pecho. Tienes que parecer luchador, no perro parado.

—Honorable muchacho deberá con gallardía portar el equipo —Tetsuya traducía las palabras de mi abuelo—. Sólo recordar lección muy importante: cuando veas las barbas de tu vecino remojar, no olvides tu máscara abrochar.

—¿Y ya sabes qué esquina vas a defender?

—El promotor no me ha dicho nada. Supongo que la ruda, como tú, papá.

—No olvidar que honorable anciano iniciar dinastía —Tetsuya intervino—. Y viejito simpático siempre ser técnico.

—Tú no estás viejo, abuelo. Te ves muy bien.

—Él no decir eso, ser mi humilde opinión. Su abuelo sólo comentaba que tiene muchas ganas de un sushi.

—Los técnicos siempre han sido elegantes, tal vez me vería bien en esa esquina.

—Por tus venas corre sangre ruda, deberías honrarla —alegó mi papá.

—Momento, por favor, viejito loco opinar... ¿Qué? Abuelito chocho tener razón —dijo Tetsuya (a veces creo que se toma muchas libertades)—. Nieto prodigio deberá defender la esquina que le digan. Sólo cuando se gane su lugar, podrá pedir ser rudo o técnico.

Y llegó el día esperado. Ya conocen el resultado. Me tocó medirme contra el Tiburón Blanco en la primera lucha de la velada. No habré ganado, pero para nada me sentí perdedor.

¿Que por qué luché tan rudo? Lo que pasó fue que ya estaba subiendo las escaleras hacia el ring cuando escuché que alguien decía: "La lombriz esa no dura más de dos semanas; no se le ven agallas". Varios se rieron. Mi rival sólo dijo: "Hoy no me despeino". Si creían que yo no era lo suficientemente hombre para esto, se iban a llevar una sorpresa.

¿Nervioso? Por supuesto. Las manos me sudaban, por mi cabeza pasaba un montón de ideas. La principal era "no te vayas a tropezar con tu propia capa". Sonó la música...

—Te toca, ya sal —me indicó uno del staff.

Se abrió la cortina y frente a mí apareció una multitud. Reconocí algunos de los rostros del público; habían estado cuando me presenté como Maravilla López Júnior y tuve el resbalón. Me puse más nervioso, no lo niego. Temí que alguno de ellos me reconociera.

—Payaso, ni pareces luchador. A ver qué puedes hacer.

—Ahorita verás cómo te…

—Hay que tragar. Pide una torta, yo la pago.

Cuando llegué al ring, un niño se me acercó y me extendió una libreta. Con gusto la firmé.

—Gracias —exclamó—. Duro con él.

Todo iba bien, nadie me había reconocido. En lo que salía mi rival, volteé hacia las primeras filas. Ahí estaban mi profesor y mi papá. Sin sus máscaras, ni quien supiera que se trataba de dos ex luchadores. El Tiburón Blanco hizo su aparición, subió al ring y pasó muy cerca de mí. Lo escuché murmurar:

—Ahora cualquier escuincle chillón se siente luchador.

No esperé a que sonara el silbatazo, me abalancé sobre él para que se tragara sus palabras. Si mi papá había sido un rudo de cuidado, yo no me quedaría atrás. Tal vez me engolosiné y eso me costó la lucha, pero que quede muy claro: él no me ganó esa noche, yo perdí.

Al terminar la función, el promotor me llamó a su oficina. Me dio un sobre con mi paga y me dijo:

—No importa si ganas o pierdes. Si vuelves a prender a la gente como lo hiciste hoy, tendrás mucho trabajo conmigo.

12

★ EL NUEVO TERROR DE LOS CUADRILÁTEROS ★

—Se te está olvidando apretar las manos en el candado; no estás azotando bien con los látigos; pega la barbilla al pecho cuando te proyecten contra la lona; las rodadas deben ser más cortas, no son vueltas de carro; casi pierdes el paso; gira a la derecha para romper la palanca, para el otro lado, tú solito aprietas más, y no te lleves las manos a la máscara a cada ratito, se ve mal.

—Vladimir, dale un respiro, fue su primera lucha enmascarado, tiene que acostumbrarse —el Caballero Galáctico era un poco más comprensivo que mi petit máster.

—Y para la otra no te andes engolosinando, si tienes chance de ganarle, acábalo, tienes que ser implacable.

—Al promotor le gustó cómo lo hice, le dejé al público calientito para el resto de la función.

—Pero no estaría mal ganar una lucha de vez en cuando, ¿no?

Vladimir era un poco ambicioso, pero tenía razón. Me tenía sentado frente a la computadora para reproducir mi lucha en YouTube una y otra vez. Señalaba mis

errores y yo tomaba nota. Pero debo confesar que me sentía fascinado viendo esa lucha. Con la máscara me había olvidado de mis temores y di rienda suelta a mis instintos; gozaba castigando al Tiburón Blanco. Aunque traía el rostro cubierto, se me notaba la sonrisa. Y él se veía sacado de onda. Eso le enseñaría a no subestimarme.

—Mañana tempranito en el gimnasio; el siguiente domingo vas contra el Sultán Abdul, y él es más hábil que el Tiburón Blanco.

—Vladimir, mañana tienes clases. Te voy a ver hasta la tarde.

—Eso qué. No pongas pretextos. Te quiero en la mañana trabajando la condición física, y en la tarde corregimos las fallas en el ring.

El Caballero Galáctico sólo sonreía, creo que disfrutaba viendo a su sobrino tan escuincle y tan profesional.

En casa las cosas estaban muy bien. Mi mamá me contó que el Exterminador no dejaba de hablar de cómo su hijo había trapeado el ring con el rival. Hasta mi abuelo se emocionó y trató de hacerle una cerrajera al pobre de Tetsuya.

—Viejito loco peligroso; hablar a asilo, hablar a asilo —era lo único que decía su intérprete, todo maltrecho.

#@#@

—Uno, dos; uno, dos; uno, dos; levanta más las piernas. Vamos, arriba, arriba.

—Vladimir, dame un respiro.

—No te veo en buena forma. ¿Seguro que calentaste bien?

—¿Y si te digo que hice dos horas de bicicleta y una de caminadora?

—Eso está difícil de creer.

—Bueno, ¿me creerías si te digo que fueron cuarenta y cinco minutos de escaladora y una hora de caminadora?

—No.

—¿Veinte minutos de caminadora y luego me quedé viendo la tele?

—Pues hoy no subes al ring, te vas a quedar haciendo pura condición.

Después de ese día no volví a ignorar a Vladimir. El resto de la semana fue igual de pesada, sólo tuve libre el

sábado porque Vladimir tenía que acompañar a su mamá al mercado.

Llegó el domingo. Ahora iba contra el Sultán Abdul.

Los vestidores de la arena pueden ser lugares muy solitarios. Sí, ahí están los demás luchadores, pero yo seguía siendo el nuevo y no me pelaban.

Me topé al Sultán Abdul al salir y sólo me dijo: "Suerte, muchacho, que nadie salga lastimado". Y ya arriba del ring me dio la mano y en voz baja comentó: "Que gane el mejor". ¿Qué iba a hacer ante tal caballerosidad, sino luchar de manera limpia? Por cada llave que él me aplicaba, yo lograba zafarme y contestarle con una más complicada. Cuando me quiso cambiar la estrategia con un ritmo más rápido, yo le seguí el paso y hasta hice uno que otro vuelo. La gente comenzó a aplaudirnos. El Sultán esquivó varias patadas, me tomó por las piernas y brazos y me aplicó una mecedora. El dolor en los brazos era mucho y no me quedó de otra más que rendirme. La primera caída fue para él, pero estaba seguro de que los aplausos me los dedicaron a mí. Incluso mi rival me reconoció el esfuerzo.

Una vez demostrado que sabía luchar limpio, me salió lo rudo y a punta de patadas, estrellones (y una que otra trampita) empaté la lucha, pero el Sultán tenía mucho colmillo y poco a poco me hizo fallar, hasta que me desesperé, entonces aprovechó para hacerme resbalar y con una casita me dejó en la lona. No pude zafarme antes de la tercera palmada del réferi y volví a bajar del ring derrotado. Con mucha actitud deportiva, estreché la mano de mi rival y le alcé el brazo. Hubo algunos aficionados que me aplaudieron, pero la mayoría se la pasó abucheándome por rudo. Tal vez no ganaba, pero se sentía muy bien hacerlos enojar.

Al siguiente domingo debía enfrentarme al Heredero para definir si me quedaría de fijo en la arena Tres Caídas y fue lo más difícil de mi periodo de prueba. Como era el segundo combate de la noche, la gente ya estaba metida en ambiente y había que darles algo mejor de lo que acababan de ver para tenerlos contentos.

Salí al ring dispuesto no sólo a ganar la lucha, sino un lugar en la arena. No le di chance a mi rival ni de quitarse la capa. Tal vez hasta fui más rudo que en mis combates anteriores. La gente estaba furiosa, me gritaban de todo, y más coraje les dio cuando me puse de cínico y comencé a disfrutar de su enojo. Los gritos aumentaron casi al doble. El Heredero quiso reaccionar, pero esta vez yo no iba a permitir que se me subieran a las barbas. Y como decía Vladimir: "Si tienes chance de ganarle, acábalo, tienes que ser implacable". Esa noche salí por primera vez con el brazo en alto, entre un montón de silbidos y reclamos del público. El promotor fue a verme a los vestidores, me estrechó la mano y simplemente dijo: "Bienvenido a la arena".

13

¿LLEGAR Y YA? QUÉ VA, MANTENERSE ES LA ONDA

—Arriba las rodillas; uno, dos; uno, dos.

—Vladimir, sí sé subir las escaleras, no exageres.

—Pues no parece, estás arrastrando los pies y esas bolsas del mercado se van a maltratar si no las levantas bien.

No sé cómo es que hacerle las compras del súper iba a servir para mejorar mi técnica, pero era mejor no contradecir al petit máster.

—Y mañana, tempranito, ¿eh? Nada de sentirte estrella, que apenas diste el primer paso de tu carrera.

Sólo sonreí al mismo tiempo que le decía que sí con un gesto. Se sintió muy bien cuando el promotor me dio la bienvenida a su empresa, pero tenía que demostrarles a los demás luchadores que no me estaban regalando nada y que merecía estar ahí.

La arena Tres Caídas sólo da dos funciones por semana, y el promotor había sido muy claro: por ahora sólo me programaría los domingos, para que el público fuera familiarizándose conmigo.

—Eres libre de contratarte con quien gustes, siempre y cuando no me dejes tirada ninguna función.

—No lo dejaré plantado, señor.

—Eso espero. Tienes que hablar todos los lunes a la oficina, mi secretaria te dirá si estás programado o no, y contra quién vas.

Y con ese pie dentro de la empresa, tuve más confianza para buscar trabajo en otras arenas e irme dando a conocer. Mi padre ya me había abierto una puerta, pero era mi turno de abrir las demás.

La disciplina era fundamental. Tuve la buena fortuna de que me programaran todos los domingos, y para el cuarto mes ya me consideraban para funciones entre semana, en encuentros de parejas o tríos, y a veces en duelos mano a mano, y lo mejor de todo fue que mi nombre comenzó a sonar en algunas revistas. *Gladiatores* fue la primera en tomarme en serio, y yo hice de mi estilo mi principal carta de presentación. ¿La gente estaba embobada con sus técnicos saltadores? Pues yo los bajaría de su nube y los dejaría clavados en la lona. Había quienes me pedían autógrafos, pero la mayoría me abucheaba y se enojaba cuando me veían salir de los vestidores. Y era divertido porque me motivaba muchísimo. Si la máscara me transformaba y sacaba a flote mi lado más rudo, los abucheos eran lo que me faltaba para sentir esa inyección de adrenalina.

Tiburón Blanco, Sultán Abdul, Heredero, Coloso Villedas. Nombren a quien quieran, no me iba a achicar ante ninguno. Tal vez me superaran en experiencia, pero lo que me faltaba de lona recorrida lo compensaría con mi rudeza.

Mientras, mi papá trataba de aprender el oficio de mascarero y por las tardes daba clases de educación física. Mi mamá se iba de viaje a no sé cuántos festivales de cine y seguía siendo tremebunda con sus críticas, pobres actores, y de los directores mejor ni hablo.

Como mi abuelo ya no luchaba tampoco, pensaba seriamente en abrir un restaurante de sushi. Tetsuya era el encargado de enseñarle los secretos de la comida japonesa. Lástima que mi abuelo fuera tan mal alumno.

Para mi buena suerte, después de que *Gladiatores* y otras revistas se fijaran en mí, poco a poco pasé de luchar dos veces por semana a casi diario. Era algo desgastante, pero no podía quejarme, estaba viviendo el sueño de ser un luchador hecho y derecho.

Salí muchas veces con el brazo en alto, y también perdí varias luchas por descalificación, pues se me pasaba un poco la mano.

Lo mejor de todo era que al acabar de luchar me quitaba la máscara y me mezclaba de incógnito entre el público. Más de una vez escuché a la gente hablando de mí:

—Te juro, compadre, que si me lo topo en la calle, le doy su merecido a ese tal Conde.

—Yo no estaría tan seguro. Ya viste cómo dejó al Antorcha, y eso que era su compañero.

A veces me costaba trabajo quedarme callado y no salir en mi defensa:

—Perdón que me meta, señores, pero Antorcha se la pasó equivocándose en la lucha, cualquiera hubiera reaccionado igual que el Conde.

—Pues tiene razón, joven, pero no es motivo para que el Conde lo hubiera masacrado así.

Y Vladimir, bueno, no sé de dónde sacaba tiempo para ir a la escuela y hacer la tarea, porque parecía que se la vivía en YouTube viendo mis luchas y buscándome los errores. "Es por tu bien, Conde, es por tu bien", me decía el muy canijo. Y pues sí, ni hablar.

Total que las cosas iban de lujo, pero cuando todo se ve tan bien, es señal de que algo malo está por ocurrir. No es que me quiera tirar al drama, pero cuando parecía que no había quién me hiciera frente entre los novatos, y por lo tanto tendrían que programarme contra las estrellas, de la nada apareció uno de esos frijolitos saltarines. Desde la primera vez que lo enfrenté sabía que no era superior a mí, pero a la gente le encantaban sus brincoteos y eso me fue calando hondo en el orgullo.

Sí, ya saben de quién hablo, del charal ese de Golden Fire.

Ya me hicieron enojar. Tan bonito que iba todo y ahora tenía que aparecer la mugre lagartija. Mejor aquí acabo este capítulo.

14

✦ MI (NADA) ADORABLE RIVAL ✦

Ya sé lo que me van a decir: todos tenemos un archienemigo, sin ellos no hay razón de ser, bla, bla, bla. Pero yo necesitaba un rival de respeto, alguien que me obligara a aplicarme a fondo, y no uno hecho al vapor que se la pasaba más tiempo presumiendo en Facebook y no sé cuántas redes más, que dándole al gimnasio.

Golden Fire debutó en la arena algunos meses después que yo, y su presentación fue muy torpe: no sabía caer, se resbalaba de las cuerdas, se pasaba en sus vuelos y le caía encima a la gente; hasta le pegó un tope a una de las vendedoras de tortas. Yo espiaba su lucha detrás de una cortina, pero después de verlo cometer tantas fallas en la primera caída, me convencí de que no era alguien por quien debiera preocuparme y regresé a los vestidores. Ese fue mi primer error, porque en la tercera caída, que ya no vi, se aventó un vuelo hacia afuera del ring y, por lo que me contaron después, le salió muy bien y le arrancó un súper aplauso al público. El promotor decidió darle una segunda oportunidad.

—Ese chavo no regresa, se vio muy mal —comenté después en casa.

Segundo error. El muchacho se puso a entrenar no sé dónde y en su segunda lucha se vio menos errático, un poco más espectacular y le volvieron a aplaudir un poquito (ok, lo admito, fueron muchos aplausos).

—Mucho mejor —le dijo el promotor—. Síguele entrenando y puedes llegar lejos.

¡Lejos! Esa lagartija era un peligro. Otro vuelo de esos y nos dejaría sin vendedores de refrescos. Lo bueno era que él todavía duraría un tiempo más en las primeras luchas, las de principiantes, y a mí ya me tocaba subir en las carteleras. Ni de chiste nos tocaría enfrentarnos.

Tercer error.

—Buenos días, Conde. Sí, estás programado para este miércoles y domingo. El miércoles haces equipo con Espía y Antorcha (nomás no los maltrates); van contra los Mineros I, II y III. Felicidades, es la tercera lucha del programa. Ya vas subiendo.

—Gracias, señorita. ¿Y el domingo también me toca en la tercera?

—No. Vas en la primera lucha. Mano a mano contra Golden Fire.

¡Aaaarghhhh!

—No te quejes y mejor tómalo como un chance para demostrar que tú eres mejor —Vladimir era experto en encontrar el lado positivo de las cosas—. Estuve viendo sus luchas en YouTube y no debería darte problemas; se cansa muy rápido.

—Ni tiempo le voy a dar de cansarse, lo voy a acabar en dos caídas; ni diez minutos me va a durar.

El Caballero Galáctico era más prudente.

—No subestimen al rival. Cualquiera que se suba a un ring es peligroso.

—No se preocupe, profesor. Sólo le digo que ese tecniquillo no me quitará el sueño.

—Lo que te debe quitar el sueño es la cuota del gimnasio. Ya está por vencerse tu mensualidad.

—El domingo cobro y me pongo a mano con usted el lunes.

Lo dicho. El chapulín ese no me duró ni un suspiro. Desde que salí de vestidores me le fui encima y no le di tiempo de nada. Lo castigué de lo lindo. La estrategia de Vladimir era muy efectiva: mantenerlo en el centro del ring, lejos de las cuerdas, para que no intentara volar. Le gané sin despeinarme (claro que no me iba a despeinar, llevo máscara, ¡ja!). La gente estaba furiosa por cómo lo traté.

—Esto no se va a quedar así. Ya nos volveremos a topar allá arriba —me dijo Golden en el pasillo rumbo a los vestidores.

—Primero aprende a luchar.

No dije nada más y me metí al vestidor rudo, contento por haber logrado mi cometido.

Confieso que pensé que el promotor se había vuelto loco cuando volvió a programarme contra Golden Fire en mano a mano. No le comenté nada a Vladimir, me limitaría a seguir la estrategia de la semana anterior. Desde que llegué a la arena me sentía tranquilo. Me puse mi traje sin prisa, abroché las cintas de mi máscara, me puse la capa y salí rumbo al cuadrilátero. Cuando sonó la música que anunciaba la llegada de Golden Fire, no apareció por ningún lado. Yo ya estaba listo para darle un cálido recibimiento, pero de la lagartija ni sus luces. De repente se escuchó un grito de la multitud, y antes de que me diera cuenta de que Golden había aparecido por una de las salidas de emergencia, ya me había dado unas patadas voladoras por la espalda. Acto seguido corrió hacia las cuerdas y tomó impulso para lanzarse en tope. Yo ya estaba listo para recibirlo, pero el vuelo nunca llegó. El muy bestia no tuvo la precaución de quitarse la capa y la pisó mientras tomaba impulso. Ese tropezón fue todo lo que necesité. Subí al cuadrilátero, lo tomé por las piernas y lo rendí con una cruceta. No esperé a que sonara el silbatazo que anunciaba la segunda caída. Lo azoté contra las butacas y hasta me di el lujo de ponerme su capa y pasearme alrededor del cuadrilátero. La gente estaba furiosa, al parecer se había encariñado con el saltador ese, y mi actitud no les cayó nada bien. Sólo unos pocos aficionados rudos, verdaderos conocedores, me apoyaban a gritos. Para cuando comenzó oficialmente la segunda caída, Golden Fire estaba tan adolorido, que no opuso ninguna resistencia; incluso le rompí la máscara. El réferi se interpuso y me obligó a retroceder. Me dijo que si volvía a meterme con la máscara de mi rival, me descalificaría. Tomé al réferi por el pecho, amenazando con golpearlo, y él no dejaba de decir que me reportaría ante la Comisión. Golden Fire aprovechó esa distracción para agarrarme por las piernas y llevarme al toque de espaldas. Yo no sabía quién era su maestro, pero era obvio que a Golden le faltaba mucho entrenamiento para estar a mi nivel (o al de cualquiera que se dijera profesional). El toque de espaldas con el que según él me iba a ganar estuvo

bien chafa; con un simple giro rompí el contacto con la lona y le aprisioné los brazos con una megapalanca que le arrancó la rendición. Una nueva victoria sin mayor esfuerzo. Golden quiso decirme algo en el pasillo, pero lo ignoré.

#◎#◎

Pasaron las semanas, y mientras en las demás arenas me tocaban rivales que me hacían sudar la gota gorda (tenía que prepararme a conciencia y poner a Vladimir horas extra planeando estrategias), en la arena Tres Caídas se empeñaban en programarme contra Golden Fire. El resultado casi siempre era el mismo. Aunque cada semana me costaba un poco más de trabajo ganarle, cierto, pero igual me tenía sin cuidado. A veces hasta me volvía más rudo que de costumbre y perdía por descalificación, lo cual para mi orgullo equivalía a una victoria. Un día, al bajar del ring, una niña me pidió un autógrafo.

—Oye, ¿te puedo agregar en Facebook? —me preguntó.

—No tengo Facebook.

—Si quieres te abro uno, yo podría manejar tus redes.

—Gracias, corazón —quise ser tierno con ella—. No me gusta meterme a las redes. Prefiero estar en el gimnasio entrenando.

No tenía ni idea del error que acababa de cometer.

15

✦ ME ENCANTAN LAS LUCHAS, PERO... ✦

¿SE APAGA LA ESTRELLA DEL CONDE?
Por Landrú

Hace unos meses lo poníamos por las nubes, nos asombraba su estilo rudo y su manera de humillar a los rivales antes de terminar con ellos. Ahora nos preguntamos si no lo juzgamos muy rápido. Algo pasa con el Conde Alexander, ya no es el mismo de antes. Su desempeño ha venido a menos, aunque habrá quien opine que todo está en orden, porque ganó sus últimos dos combates. Pero quienes lo vimos debutar sabemos que hay algo raro en él. A lo mejor ya no entrena con el mismo ímpetu, o quizás esté considerando pasarse al bando de los técnicos, o simplemente está enamorado. Vaya usted a saber. Lo único seguro para este reportero es que ya no se trata del rudo de polendas que tan buen sabor de boca nos estaba dejando.

No hay que ofenderse con Landrú. La revista *Gladiatores* siempre dice la verdad, y lo cierto es que estos días he tenido algunos problemas y eso me está afectando en mi trabajo en el cuadrilátero.

Es que hace poco, mi promotor tuvo la genial idea de organizar una firma de autógrafos con tres de sus luchadores más populares. Sí, yo fui uno de los convocados. Tal vez suene presumido, pero es la verdad. ¿Los otros dos? Uno era el Centella, un verdadero ídolo, aunque ya va de salida. Con los años se pierden algunas facultades, y el pobre es algo ruco, pero todavía tiene mucho éxito con la gente. El otro era el tecniquillo ese del que no vale la pena hablar, pero no hay de otra: Golden Fire. Es que los aficionados lo siguen mucho, aunque ya sabemos que no es más que otro de los que sólo brincan a lo loco.

La firma fue en una plaza comercial muy cerca de la arena y hubo mucha gente, sobre todo niños. Por supuesto, la fila para conseguir la firma de Centella era la más larga, es normal, pero sentí feo de que casi nadie se me acercara para pedirme un autógrafo. Todos preferían ir con Golden Fire. Sólo un par de niños me tendieron una foto, que les firmé encantado.

—Mira, mamá, no me pegó. Y su autógrafo está muy padre.

Pero su mamá se los llevó a rastras.

—No se vuelvan a acercar a ese salvaje —les dijo entre enojada y espantada.

—Pero, mamá, si hasta me dio las gracias…

—Yo sé lo que te digo, a ése no te le acerques —y puso cara de guácala.

¿Qué se creía esa señora? Sí, soy un gran rudo, pero no soy ningún salvaje. Obvio no iba a atacar a sus hijos.

—No le des importancia —me comentó el Caballero Galáctico al día siguiente—. Al contrario, es señal de que estás haciendo bien tu papel de rudo.

Pero por más que intentara ignorarlo, me dolía que tuvieran esa imagen de mí a pesar de ser un buen luchador. ¿Estaba haciendo algo mal?

Al siguiente fin de semana me di cuenta de que entre el público de la arena estaba aquella señora con sus hijos y se me fueron las energías. Hacía mucho tiempo que no daba una lucha tan mala. Me ganaron en dos caídas al hilo, y no pude hacer ni una buena llave, o siquiera romperle a alguien la máscara. Rumbo a los vestidores, escuché una especie de sentencia:

—Y aparte de todo es mal luchador —era la señora otra vez.

El promotor se tomó mi derrota simplemente como una mala noche, pero se fue convirtiendo en una mala racha de varias semanas, con una que otra victoria no tan convincente, por eso Landrú se preguntaba si mi buena estrella se estaría extinguiendo. Tenía que redimirme pronto, no podía dejar caer así mi nombre. Justo cuando me volvió a tocar contra Golden Fire, me recargué la pila y me desquité con ganas. Pobre Golden, barrí el cuadrilátero con él. Lo estrellé contra los postes, lo azoté cuantas veces quise. La gente estaba asombrada, muchos aficionados me gritaban que lo dejara en paz, y unos pocos me aplaudían y me animaban a que siguiera poniéndole una buena lección. Lo mejor fue que perdí la

lucha por descalificación. Ese es el triunfo máximo de un rudo. No cabía duda: estaba de regreso con todo mi punch.

A partir de ese momento hubo ya un pique declarado entre Golden Fire y yo. Él quiso vengarse por cómo lo humillé, pero siempre salió vapuleado.

Como Golden Fire nomás no podía ganarme a menos que fuera por descalificación, y más de una vez le hice una que otra trampita (nada grave: golpes prohibidos, tallarle la espalda con corcholatas, cosas de ésas), empezó a retarme. Primero a través de la prensa (por ahí en YouTube están las entrevistas) y después apropiándose del micrófono al final de nuestras luchas. Sus palabras me hacían los mandados, hasta que un día...

—Mira, tramposo, ya estoy harto de tu hipocresía. Te las das de muy elegante, pero no eres más que un sucio y mediocre sin talento.

Estarán de acuerdo en que le hacían falta unas clasecitas para manejar mejor el micrófono. Yo ni me preocupé por sus ofensas, pero él seguía con lo mismo.

—No voy a descansar hasta acabar contigo y arrancarte esa cursi máscara de terciopelo.

—Mi máscara es de terciopelo, sí, y pocos tenemos la gallardía y elegancia para portarla con dignidad y aun así romperte todo lo que se llama...

A la gente (sobre todo al promotor) le gustó tanto mi respuesta, que pronto empezaron a llamarme "El Enmascarado de Terciopelo". A mi papá, por supuesto, no le hacía mucha gracia el apodo, no concebía que pudiera asociarse con un rudo. Mi mamá decía: "Si te hace feliz, a mí me hace feliz". Y mi abuelo nada más se reía y esperaba a que llegara su intérprete del mercado para dar su opinión en voz alta.

Nunca imaginé que lo suavecito del terciopelo me fuera a dar tanta lata.

Es muy raro que los luchadores tengamos un día libre. Encuentros en el ring, miles de horas de gimnasio, entrevistas con la prensa… Por eso, cuando queda por ahí un rato libre, tenemos que aprovechar.

Una vez se me ocurrió ir a mi antigua escuela para saludar a mi tía y despejarme un poco. Me pidió que me quedara después de clases pues quería mi opinión sobre el número que estaba montando para un festival. Y oh, sorpresa…

Tuvo la gran idea de contratar a una arpista para acompañar a los niños declamando poemas y darle al recital una atmósfera muy especial.

Volver a ver un arpa fue conmovedor. De inmediato pensé qué habría pasado si mi papá hubiera dicho que sí cuando yo quería tener una. Después del ensayo me acerqué a la chica y le pedí que me dejara tocar el instrumento, sólo por curiosidad. Me enseñó los acordes básicos y los rasgueos. No tienen idea de lo difícil que es. Esas cuerdas son armas mortales, y tan inocente que se ve el arpa cuando no la conoces, mis pobres yemas terminaron hechas pomada. Tuvieron que vendarme las manos y dejé de entrenar durante unos días, porque no podía apoyarme ni agarrar las pesas ni nada.

Aproveché el tiempo que duró mi lesión para leer el libro del recital, mi tía me lo había regalado. Tenía poemas de otras épocas, de escritores como Shakespeare y Bécquer. Me pasaba largos ratos leyéndolos en voz alta. Era parecido a la música.

Cuando mis manos sanaron, pude regresar a la acción y en mi primer combate me tocó enfrentar de nuevo a Golden Fire. Yo no sé qué demonios había pasado, pero me encontré con un rival muy diferente. Seguía siendo un chapulín inquieto, pero en la tercera caída logró sorprenderme con llaves muy buenas y por primera vez hizo que me rindiera.

> ¡Increíble jugarreta de Golden Fire, quien no ha dado tregua alguna esta noche y acaba de arrasar con el ilustre Conde Aterciopelado! Qué lucha, señores...

¿La lagartija quería lucirse a mis costillas? Pues yo lo iba a dejar peor que si lo hubiera atropellado un camión. Pero bien dicen que del dicho al hecho hay mucho trecho y las cosas no fueron tan fáciles como esperaba.

Como no me gusta usar audífonos (el Caballero Galáctico me convenció de que es muy fácil contagiarse de una infección en los oídos), me llevaba a la arena el libro de poemas para leer un poco en los vestidores y no aburrirme en lo que llegaba mi turno de luchar. Jamás me canso de los poemas, se pueden leer una y otra vez, se siente bien.

—¿Qué estás leyendo? —me sacó una voz de mi lectura.

Era Golden Fire, invadiendo el vestidor de los rudos.

—¿Tú qué haces aquí? El vestidor de los técnicos es enfrente, vete para allá.

—No veo ningún letrero que me prohíba estar aquí. A ver, préstame ese libro —y me lo arrebató—. ¿Poesía de los siglos…? ¡No! ¡Estás leyendo poemitas! Pero, bueno, qué se podía esperar de un Enmascarado de Terciopelo, ¡¡jajaja!! A ver en cuál vas… ¿Fragmentos de *Romeo y Julieta*? Y de seguro te hacen llorar. No inventes, ¿no que eras el rudo más rudo de todos?

—Claro que lo soy…

—Pero un rudo muy suavecito.

—Ya cállate.

Y desde ese día, Golden Fire empezó a chantajearme y burlarse cada que podía. Lo peor es que la estrategia le funcionaba al muy zoquete. ¿Acaso la poesía estaría debilitando mis fuerzas? Según yo quería redoblar mi lado brusco y me había puesto a leer poemas justo antes de un combate, sólo a mí se me ocurría ese disparate. Qué brusco ni qué nada, más bien qué bruto.

El Caballero Galáctico, preocupado porque eso estaba afectando mi rendimiento, me sugirió que probara con la meditación (técnica que él usaba para convencerse de que no estaba enfermo, aunque no siempre le servía). Así que todas las noches me iba a dormir repitiendo: "Soy rudeza perfecta, soy rudeza perfecta".

16

✦ ¡PERO EN QUÉ ESTABA PENSANDO! ✦

No podía creerlo. Estaba por cumplirse un año desde mi debut como el Conde Alexander. Pronto celebraría mi primer aniversario de luchador profesional y llegué más contento que de costumbre al gimnasio, pero Vladimir me recibió con muy mala pinta.

—Tenemos que hablar muy seriamente. ¿Ya viste Facebook?

—Ni siquiera tengo cuenta ahí.

—¿Instagram? ¿Snapchat? ¿Twitter?

—Nada de eso.

—¡Cómo crees! Pues deberías. Mira nada más lo que se dice de ti.

—Que digan misa. Las redes me roban energía, y ya sabes que la energía es vital para un luchador. Además, ¿tú cómo le haces para entrar a tanta red? A tu edad…

—Nunca subestimes el poder de un niño con conexión a internet.

Vladimir me mostró las redes sociales en las que Golden Fire tenía cuenta. En todas había subido fotos y videos amenazándome. Decía que ya estaba harto de mí y mis trampas, y que no descansaría hasta acabar conmigo.

—¿Y por eso te preocupas? Has visto los videos de nuestras luchas, no puede conmigo. Sólo me gana cuando se me pasa la mano y me descalifican.

—Pero hay que usar las redes para sacar ventaja.

—Ay, cómo crees, Vladimir. La disciplina, la nutrición, dormir bien, el entrenam…

—Ya sé, eso es lo primero pero, como dice mi mamá cuando se pone filosófica, no sólo de pan vive el hombre. ¿Pues en qué planeta vives, Conde? Ni que estuvieras tan viejito.

—Óyeme, chamaco…

—Pues voy a creer que no te hayas enterado de que tienes que llamar la atención en línea. No digo que te claves como todos los demás, que no pueden vivir sin su celular, pero hay que aprovechar las ventajas de la modernidad, porque…

—Ay, sí, qué sabihondo. De nada le va a servir a Golden tener cien amigos en Facebook si no sabe luchar.

—¿Cien? Ya casi rebasa los tres mil amigos. La gente lo adora. Él siempre contesta lo que le postean y consigue un montón de likes y shares. Y ya hay una campaña para que lo pongan en mejores lugares en las carteleras. Si no hacemos algo, te va a rebasar.

—Pero él no es un luchador de mi categoría.

—Ay, si serás terco. Tú hazme caso: el contacto con los aficionados es de lo más importante. A ver si ya te avispas, hay que estar en todo. Tú eres el único al que no ha podido ganarle tantas veces, pero si te fijas en su récord...

—¿A poco tienes estadísticas de él?

—Por supuesto, ¿con quién crees que estás tratando? Hay que estudiar al contrincante desde todos los flancos. Y no se te olvide: si no te subes al tren, te comen el mandado, como cuando me descuidé en el mercado, ¿no te conté? El otro día...

Después de la regañada que me puso Vladimir, me puse a levantar pesas. Uno, dos; uno, dos... Pero cuando llevaba chorromil repeticiones para mis bíceps de Titán, de pronto me cayó el veinte de que por eso casi nadie me había pedido autógrafos el día de la firma en el centro comercial: Golden Fire se había vuelto súper popular usando apps, y yo... en la luna, mejor me sacaban la vuelta los fans como si les fuera a pegar la peste bubónica, me tenían catalogado como una mala influencia para los niños por ser tan rudo.

A Golden le faltaba mucho para estar a mi nivel, pero si seguía mejorando y además hacía su show en las redes, en cualquier momento podía meterme un buen susto.

En los últimos combates no habíamos luchado mano a mano, sino en relevos sencillos (dos contra dos) y australianos (tríos, pues), y Golden, astutamente, me rehuía en el ring y me sacaba de mis casillas. Yo no dejaba de gritarle, de retarlo para que luchara conmigo, pero él se dedicaba a dar sus exhibiciones de lucha aérea en contra de mis compañeros, quienes no lo tenían tan estudiado como yo y por lo mismo lucía como el técnico invencible.

Hasta que un día llegó una nueva derrota, pero, en honor a la verdad, no fue mi culpa. Golden Fire hizo equipo con Oso Negro y Vengador del Futuro, mientras que yo llevaba por socios a Colmillo y Máquina Mortal. Harto de que Golden Fire se dedicara a evadirme, en la tercera caída pude acorralarlo; quise someterlo con un tirabuzón, pero él me aplicó unas tijeras y me sacó del cuadrilátero, de inmediato tomó impulso y se lanzó en tope sobre mí. Arriba del ring, mientras tanto, Oso Negro y Vengador del Futuro hicieron gala de muy buena coordinación y con una estrella rindieron a Colmillo y a Máquina Mortal. Golden celebró como si me hubiera ganado con una llave.

Se preguntarán cómo pudo ser posible que me ganara la contienda. Una cosa eran las redes y la popularidad, y otra muy distinta el ring. La respuesta es muy sencilla: Golden Fire se había metido a entrenar al gimnasio del Caballero Galáctico.

—¿Cómo pudo hacerme esto, profe?

—Tengo gastos y últimamente no ha habido muchos socios. No me pareció mala idea rentarle el ring dos veces por semana al Atómico, para que diera sus clases. Ese dinero me viene muy bien.

—Y de todos los alumnos del Atómico, ¿tenía que ser Golden Fire el que entrenara aquí?

—Él pagó seis mensualidades por adelantado, tiene derecho a usar el gimnasio tanto como tú, pero no se va a meter en tus entrenamientos con nosotros.

—Más bien debes preocuparte por otra cosa —intervino Vladimir.

—¿Y ahora qué?

—Su entrenadora particular. Las clases con Atómico son buenas, pero no le está enseñando nada que tú no sepas —contestó Vladimir—. Los días que viene a entrenar por su cuenta lo ayuda Karla, y eso sí es peligroso.

—¿Karla? ¿Quién es Karla?

Traté de recordar a todas las Karlas del panorama. Sabía que las Irmas, madre e hija, daban clases, pero en su propio gimnasio. Vladimir me sacó de mis pensamientos.

—Karla vive aquí enfrente y es experta en lucha libre. Y no sólo eso, es la persona más ruda que puedas conocer. Gimnasio donde se para, todos dejan sus rutinas para que ella elija el aparato que quiera para entrenar a sus alumnos.

—¿Tiene varios?

—Tenía, pero se fue a vivir a otra ciudad como un año, porque su papá es militar y siempre lo andan transfiriendo, y ahora que regresó, justo escogió de pupilo a Golden Fire, y ya viste cuánto ha mejorado.

—¿O sea que por eso anda tan aplicado? Nunca pensé que pudiera hacer esas llaves. ¿Seguro que no se las enseñó el Atómico?

—Él se encarga de su condición física y Karla es el cerebro que lo va a convertir en luchador de verdad. Además, por lo que sé, ella también le maneja sus redes. No se le escapa nada. Hay que tener mucho cuidado con ella.

—Vladimir, no seas tan dramático; me vas a asustar.

—No exagera, muchacho —tomó la palabra el Caballero Galáctico—. Karla es peligrosa. No sólo me quitó un par de alumnos, ha corrido de la colonia a tres de los doctores con los que me atendía.

—Shhh, tío, no digas nada. Ahí viene.

Y por las puertas del gimnasio apareció la famosa Karla.

¡Era la niña que me había querido agregar a Facebook y manejar mis redes, y a la que mandé a volar caballerosamente! ¡Era una ruda peligrosa y yo diciéndole "corazón"!

17

EL ENEMIGO EN CASA

Imaginen cómo me sentí con la novedad de que Karla era una fiera y yo ni idea. Afortunadamente ella no me conocía sin máscara, así que no sabía que estaba a menos de tres metros del Conde de Terciopelo.

Traté de relajarme, actuar de manera casual y, en cuanto se volteó, me llevé a Vladimir y al Caballero Galáctico a una esquina del gimnasio para que me contaran todo lo que supieran acerca de esa niña que, por alguna extraña razón, infundía mucho temor en mis amigos.

Karla es una gran aficionada a la lucha libre. A diferencia de Vladimir, no tiene familiares luchadores, pero desde muy chica ha ido a varias arenas. Al principio se conformaba con pedir autógrafos a sus gladiadores predilectos y después se tomaba selfies con ellos, hasta ahí todo normal. Un día, sin embargo, se enojó tanto con un rudo por maltratar a su ídolo, que se le hizo muy fácil pararse de su asiento y encararlo. El luchador en cuestión la ignoró, y eso la hizo enojar más, hasta agarró una silla y estuvo a punto de aventársela. Afortunadamente el personal de seguridad de la arena se dio cuenta antes y se la arrebató. Tuvieron que llevársela entre tres guardias.

Karla tiene un pequeñísimo problema de carácter. Sus papás la metieron a un gimnasio, convencidos de que eso la ayudaría a descargar la ira y energía. A su muy tierna edad, ya ha tomado clases de artes marciales y lucha libre. Es toda una líder, así que pronto aprovechó las horas más tranquilas del gimnasio y formó su propio grupo de entrenamiento con algunos aspirantes a luchadores, con tan buenos resultados que dos de ellos ya consiguieron su licencia y debutaron.

Sí, a lo mucho es un año mayor que Vladimir, pero es alta, fuerte y, sobre todo, ágil. Lo primero que hizo Karla al volver al barrio fue ir al gimnasio del Caballero Galáctico y pedirle que le diera chance de ser instructora, pero mi profesor no la tomó en serio. Desde entonces, la chica lo tiene por uno de sus acérrimos enemigos, y cada que puede le hace maldades, como acosar a los doctores de la colonia hasta que los obliga a mudarse y deja sin médico a mi profesor. Es cruel y villana. Ahora, la muy astuta tiene un alumno medio famoso, Golden Fire, y le pagó seis mensualidades por adelantado para entrenarlo en su gimnasio sin que mi profesor pueda prohibirle la entrada.

Si me piden mi personalísima opinión, les diré que Karla tiene cierta obsesión con Vladimir (no me veas así, Vladimir, es la verdad). Le hace bullying porque nunca ha entrenado, pero a la vez le envidia su facilidad para detectar las fortalezas y debilidades de los luchadores. Si se enterara de que Vladimir es el encargado de armar mis estrategias de batalla, buscaría la forma de que mis rivales cambiaran su estilo para desbancarnos con más ganas.

Si Vladimir es exigente, Karla es un káiser. El primer día que la vi trabajar con Golden Fire, llegué a sentir lástima por él. Casi le zafa el hombro mostrándole la forma adecuada de hacer los látigos y le dejó el pecho rojo enseñándole cómo dar correctamente los raquetazos (golpes con la palma abierta, no piensen tan mal). Pero le hizo practicar sus llaves cincuenta veces y también le enseñó cómo llamar más la atención con nuevos giros aéreos, cosa que lo beneficiaba, claro (ahora lo entendía todo).

—¿Ya te convenciste de que es peligrosa? —me preguntó Vladimir al día siguiente, mientras Golden y Karla estaban sobre el ring.

—Es un poco más estricta que mi papá.

—…

—Medio exigente.

—…

—A veces se le pasa la mano.

—…

—Ya no me veas así, Vladimir. Lo admito, es una amenaza, no he visto a alguien con ese temperamento desde que mi mamá me llevó a ver *Godzilla contra King Kong*, o cuando mi papá se peleó con el de la tienda porque no le respetó el cincuenta por ciento de descuento que venía marcado en unos pants grises.

—Vamos a tener que andarnos con cuidado para que nunca sepa nuestras estrategias.

135

—No seas paranoico, Vladimir. Para ella sólo soy alguien que viene a ejercitarse al gimnasio. Yo no soy tan presumido como Golden Fire. No entiendo cómo es que tu tío le permite venir enmascarado.

Un estruendo interrumpió nuestra plática. Al voltear, Vladimir y yo vimos que Karla había azotado a Golden Fire contra las cuerdas con tal fuerza, que uno de los tensores se reventó y el pobre chapulín casi se fue de espaldas al piso.

—Jovencita, las cuotas de su alumno no incluyen daños al mobiliario —le dijo el Caballero Galáctico tras salir de su oficina y ver el estado en que había quedado el ring.

—Pues con lo que le cobra a mi muchacho, debería tener en mejores condiciones el ring. ¿Y qué me dice de esas pesas? ¿Cómo es posible que no tenga de cien kilos?

El tono de Karla era en verdad imponente. No podía creer que se tratara de la misma niña inocente que quería manejarme una cuenta de Facebook.

Mi profesor se puso más pálido que de costumbre. Creo que hasta se comió un chocolate para que le subiera la presión y luego fingió demencia:

—Bueno, ya, Karla, mañana estará arreglado todo. No hagas panchos.

DIEZ MITOS NO DESMENTIDOS ACERCA DE KARLA

1. Le pagan por entrar a las arenas.
2. Organizó un torneo clandestino de lucha libre en su escuela y ganó todos los combates, para proclamarse campeona.
3. Sus maestros le temen tanto que le piden permiso para dejar tarea o hacer exámenes.
4. Pidió unos tacos de arrachera en un restaurante vegetariano, ¡y se los dieron!
5. Sus lágrimas curan la gripe, pero nadie la ha visto llorar.
6. Cuando empezó a dar clases de lucha, les dislocó el hombro a tres de sus alumnos y ella misma se los arregló.

TORNEO CLANDESTINO
LUCHA LIBRE
~ 1ER LUGAR ~

7. Cuando cumple años, manda tarjetas de felicitaciones a su mamá.
8. Sus gritos se miden en grados Richter.
9. Es responsable de la extinción de los dinosaurios.
10. Convenció a las autoridades federales para que declararan su cumpleaños como fiesta nacional.

18

★ NO TE JUNTES CON ESOS SALVAJES ★

—Ahí está el silbatazo que da por terminado el descanso y nos vamos a la tercera caída, y a decir verdad eso es mera formalidad, porque los rudos no han dejado de castigar a sus rivales. Colmillo y Máquina Mortal se dan gusto sometiendo al Oso Negro y Vengador del Futuro en el rombo de batalla. Los mandan al juego de cuerdas y los reciben con doble pasada en todo lo alto; ahora son los rudos los que toman impulso y rematan con patadas de canguro a la espalda. Se ven muy bien coordinados estos dos rufianes, nos recuerdan a los campeones de nado sincronizado.

—Señor Alvin, ruego a usted que no empiece a comparar la lucha libre con deportes que nomás usted conoce. Sería mejor que se limitara a describir los acontecimientos para que nuestra audiencia no pierda el hilo de la batalla.

—Lo siento mucho, amigos aficionados, pero, como ya escucharon, debo acatar las órdenes de mi compañero de micrófono y también encargado de la producción de este programa (y de diseñar e imprimir los gafetes de prensa), el señor Landrú. Colmillo proyecta al Oso Negro hacia afuera del cuadrilátero, y hacia allá se dirige el lobezno rudo para continuar su labor destructiva. Abajo del ring también vemos a Máquina Mortal, que hace honor a su nombre estrellando al pobrecito Vengador del Futuro contra los postes.

—¿Cuál pobrecito Vengador? ¡Señor Alvin, no se ponga usted del lado de ningún luchador, eso no es profesional!

—De ninguna manera, estimado compañero, simplemente quiero dejar en claro lo mal que la está pasando el Vengador del Futuro, quien debería pensar en retroceder en el tiempo y convencer a su yo pasado de que no se presente esta noche en la arena porque le están dando tremenda paliza.

—Amigos, mientras mi compañero intenta recordarnos las andanzas de Biff Tannen y Marty McFly, es mi deber mencionarles que ahora tenemos arriba del ring al Conde de Terciopelo. Este rudo despiadado, que estuvo fuera de circulación unas semanas por una lesión, pero que ha regresado con más energía que nunca, se lleva a Golden Fire a la lona con unas fuertes patadas de jabalina. Golden intenta incorporarse, pero el Conde lo derriba con yegua voladora y ahora intenta... no intenta, ya le está rompiendo la máscara a Golden Fire.

—Señor Landrú, esto no puede ser posible, otra vez el Conde Alexander metiéndose con la incógnita del técnico sensación. Si tanto desea una máscara de Golden Fire, que le pida que se la regale, o que compre una de las que vende don Gaby afuera de la arena.

—¿Y a usted qué le preocupa, señor Alvin? ¿Usted le paga las máscaras a Golden Fire?

—No, pero me imagino que el pobre Golden debe de borrar a alguien de su lista de regalos de Navidad cada que el alevoso Conde le desgarra una capucha.

—Pero si faltan muchos meses para Navidad.

—Don Landrú, perdone que no siga discutiendo las festividades marcadas en el calendario gregoriano, pero en estos momentos Golden Fire está reaccionando. El Conde subió a la tercera cuerda para lanzarse en plancha, y el astuto enmascarado de fuego y oro se quitó y el Conde Alexander ha quedado lastimado. Golden Fire aprovecha y lo castiga con un sentón. No deja que el Conde se levante, lo toma por el brazo y trata de enredarlo con un tirabuzón, pero después opta por llevarlo al toque de espaldas.

—Una reacción muy tibia a mi parecer. El Conde no le hubiera dado tregua alguna.

—Y parece que el Conde lo escuchó, porque ya rompió el toque de espaldas y nuevamente trata de desgarrar la máscara de su rival. Vemos que Golden Fire es algo pelirrojo. El réferi interviene. Finalmente el impartidor de justicia hace su trabajo y separa al rudo. ¡Es que no puede meterse con la máscara! Aunque al Conde parece no importarle la amonestación del nazareno.

—¿Nazareno? Haga el favor de no emplear sus palabras domingueras.

—Como les decía, el árbitro (¿contento, señor Landrú?) amonestó al Conde de Terciopelo, y esa pequeña interrupción es bien aprovechada por Golden Fire. El técnico va al juego de cuerdas, se impulsa y toma a su rival con pinzas voladoras. Finalmente Golden puede llevar la lucha al estilo aéreo, ahí el técnico tiene ventaja. Ahora se le sube a los hombros y, con un movimiento de sarape, le atrapa el cuello con las piernas y le aplica unas lindas tijeras. El Conde Alexander tenía dominadas las acciones, no había dejado que Golden Fire se acercara a las cuerdas, donde es muy peligroso, pero también es muy difícil mantener tanto tiempo en el suelo a un técnico tan talentoso. Ahora Golden Fire tiene contra las cuerdas al Conde y trata de romperle la máscara.

—Pero, señor Alvin, eso es un atropello. La máscara del Conde es de fino terciopelo; no puede hacer eso Golden Fire.

—Pues ya lo hizo, y observamos parte del rostro de este temible rudo. Oigan nada más a la gente, enardecida por lo que acontece en el cuadrilátero:

—¡Golden, Golden, Golden!

—¡Conde, Conde, Conde!

—¡Hay tortas, refrescos! ¡Lleve sus ricas tortas!

—¡Una de jamón para mí, por favor! ¡Y apúnteme otro refresco!

—¡Señor Alvin, olvídese de las tortas y haga el favor de seguir narrando la lucha!

—Tanto el Conde como Golden Fire tienen las capuchas desgarradas. El gladiador de fuego continúa con el dominio de las acciones; sube a la segunda cuerda y se impulsa con tope en reversa; el Conde queda seminoqueado, Golden lo plancha, viene el conteo del réferi. ¡Uno, dos...! El Conde rompe antes de la tercera palmada.

—Vaya desesperación de Golden Fire, quien sentía que ya tenía la victoria en la bolsa, pero no afloja el ataque, lanza unas bonitas patadas voladoras y saca del ring al Conde. Toma impulso Golden Fire, ¡se lanza entre segunda y tercera cuerda! ¡Vaya tope que nos acaba de regalar este sensacional técnico!

—Y vaya carrera la que se aventó nuestro compañero Lázaro, para captar con su lente el momento preciso en que el hombre del fuego de oro surcaba los aires para impactarse contra la humanidad del Enmascarado de Terciopelo.

—Sí, hizo gala de condición física. Se nota que ya le está dando duro al gimnasio, o que ya no cena tacos por la noche.

—¿Qué está pasando, señor Landrú? El Conde Alexander estaba a punto de azotar a Golden Fire contra las butacas pero lo ha dejado y ahora... ¿Está discutiendo con una señora del público? Ella no está haciendo nada para provocar a este rudo; al contrario, trata de proteger a dos niños, supongo que son sus hijos. ¡Qué bajo está cayendo el Conde, mire que meterse con niños!

—Tengo mis dudas al respecto, don Alvin. La actitud del Conde no es retadora; más bien parece que estuviera pidiendo perdón a la bella dama y a sus retoños.

—Como sea, Golden Fire aprovecha la distracción del rudo y le pega tremenda patada a la mandíbula al Enmascarado de Terciopelo. Arriba del ring, mientras tanto, Colmillo y Máquina Mortal fallan unos golpes de antebrazo. Los técnicos conectan patadas de jabalina sobre sus rivales, y antes de que los rudos puedan levantarse, tanto Vengador del Futuro como Oso Negro aplican a la perfección un par de casitas. ¡Tres segundos! ¡El réferi contó los tres segundos y decreta el final de la lucha! Ganaron los técnicos en tres caídas. Colmillo y Máquina Mortal no se explican qué pasó, tenían todo dominado pero al final salen con la derrota. Y el Conde Alexander sigue discutiendo con aquella señora.

—Por favor, Vladimir, no seas malpensado. Claro que no iba a atacar a unos niñitos, ni a amenazar a su mamá. Al contrario, tenía que convencerla de que no soy una mala influencia y de que una porra no se le niega a nadie. No sé por qué me distraje.

—Pues que sea la última vez, Conde. Tu error le costó la lucha a tu tercia.

—Pero no me rindieron a mí.

—No, pero fíjate bien en el video. Colmillo y Máquina Mortal se distrajeron cuando te pusiste a pedir perdón y ya no pudieron hacer nada para ganar el encuentro.

Y esa fue la primera de muchas noches de pesadilla para este pobre, sentimental, simpático, modesto y guapo rudo enmascarado.

19

✦ CUANDO EL TERCIOPELO TE DOMINA ✦

—Que sea la última vez que hace eso, muchacho. Lo contraté por ser un rudo de los de antes, como su padre; no me baje el nivel.

—Lo entiendo, señor, pero…

—No me venga con peros. El Conde Alexander debe ser siempre rudo. Si va a encarar a la gente, que sea para hacerlos enojar (sin que se le pase la mano, por supuesto), no para pedir perdón por hacer su trabajo.

Salí de la arena sopesando las palabras del promotor. ¿Hasta dónde estaba bien ser rudo? En casa opinaban más o menos lo mismo:

—No adopté el nombre del Exterminador para andar regalando flores a las aficionadas. Siempre fui un rudo que hacía rabiar al público, y es lo que traté de enseñarte. Si vas a salir con esas debilidades, deberías plantearte muy en serio si quieres estar en la lucha o no.

—Querido, no está mal que nuestro hijo demuestre que no es ningún barbaján —mi madre a veces podía ser convincente.

—Eso está bien para las películas que criticas. Arriba del ring es muy diferente, ahí la gente no paga para ver a un niño sensible y llorón, sino a un rudo que no se tienta el corazón.

—Tienes razón, querido, supongo que no es lo mismo.

"Mamáaaa, no te eches para atrás, pudiste haberle ganado la discusión esta vez", pensé.

Mi tía estaba ahí y quiso aportar algo de su cosecha a la mesa redonda que se estaba armando.

—¿Y no podría ser un rudo con sentimientos? Alguien que le demuestre a la gente que no está mal…

—Ni tu hermana ni tú saben de lo que hablan. Yo he vivido de la lucha desde hace muchos años y sé muy bien cómo se manejan los asuntos del cuadrilátero, son cosas de hombres.

—Pero los tiempos cambian, no puedes seguir pensando igual que hace cincuenta años.

—¡¿Cincuenta, dices?! ¡¿Pues qué edad crees que tengo?!

—A juzgar por tu actitud e ideas, diría que…

—Así déjalo, por favor.

Creo que nunca he visto a mi tía salir mal librada de una discusión con mi papá. Ese día también estaban en casa Tetsuya y mi abuelo, y no pudieron quedarse fuera de la plática.

—Con perdón de los señores, permitirme decir lo que viejito sinvergüenza al respecto opinar.

(En serio, alguien tendría que hablar con Tetsuya acerca de las libertades que se toma con mi abuelo.)

—Naturaleza sabia, naturaleza canalizar todo. A veces río desbocado; otras, río tranquilo. Naturaleza saber cuándo ser tormenta, cuándo ser tornado y cuándo ser paloma en lugar de gavilán. Nieto favorito debe ser como naturaleza.

—¿Algún proverbio oriental?

—No, intuición personal del venerable ancianito, que pasársela oyendo canciones de siglo pasado. También preguntar si pueden pedirle un poco de sushi para la comida.

El resto de la velada transcurrió en relativa calma. Mi abuelo se dio gusto con el sushi que le trajimos, mientras que Tetsuya devoró ocho tacos al pastor y se chupó los dedos como si no fuera un japonés educado. Como ya no tenía mucho chance de alegar, mi papá había cambiado de tema y propuso que toda la familia viera una película. Yo no tenía muchas ganas, puse un pretexto y me fui a mi recámara. Mi tía me detuvo antes de que cerrara la puerta.

—Querido, si tienes una tarde libre, ve a la escuela. Vamos a ensayar toda la semana. Te mandó saludos la chica del arpa, preguntó cómo siguen tus dedos. Por cierto, ten, antes de que se me olvide. Creo que te va a gustar.

Y sacó de su bolsa un nuevo libro de poesía.

#◎#◎

—¿Quieres explicarme qué es esto?

—Se llaman revistas, las hacen en papel y las venden en puestos como el que está en la esquina.

—No estoy de humor para tus chistes malos, Conde. ¿Qué significa esto que dicen de ti en *Gladiatores*?

—Vladimir, relájate. Tienen razón: aunque estoy ganando, mi rendimiento ya no es el de siempre. Deberías saberlo, te la vives en YouTube viendo mis luchas. ¿Cuándo me vas a acompañar a la arena? Como que ya va siendo hora, ¿no?

—Mi mamá todavía no me da permiso, no quiere que me vuelva un salvaje.

En ese momento entraron al gimnasio mi presumido rival y su tirana particular. Era obvio que Karla no iba a dejar pasar la oportunidad de molestar al pobre Vladimir:

—¿En serio? ¿El niño consentido no tiene permiso de ir a las luchas? ¿A dónde más no te dejan ir, al cine porque está oscuro?

—No, eso es porque el aire acondicionado me hace daño.

"Ay, Vladimir, podrías no ser tan ingenuo de vez en cuando", pensé, y luego intervine para desviar la atención de mi amigo.

—Vámonos, deja que el enmascarado maravilla y la devoradora de almas entrenen un poco. Nosotros ya acabamos por hoy.

—Está bien, pero no creas que me olvido de la revista.

—No sé de qué revista hablas.

¿Es que este niño no sabe nada de discreción?

—Oye, tú, creo que he escuchado tu voz antes. ¿No nos hemos visto en algún lado? —Golden Fire me metió un muy buen susto con esa frase.

—No, señor enmascarado, yo sólo lo he visto aquí. A menos, claro, que me lo haya topado en algún otro lado, pero no lo sabría porque nunca lo he visto sin máscara. Oiga, ¿cómo le hace para traerla puesta todo el tiempo?, ¿no se ahoga?

—Olvídalo, te confundí con alguien más.

Karla, en cambio, era un poco más insistente.

—Mi muchacho tiene razón. Te me haces conocido. ¿No nos hemos visto en alguna arena? ¿O a ti tampoco te dan permiso de ir a las luchas?

—No, niña, no nos hemos visto nunca.

—¿De verdad? ¿Ni siquiera en Facebook?

Yo no sé si Karla sospechaba algo o dijo eso porque ahora todo el mundo se la vive en las redes, pero hasta sentí frío. Como ya no contesté, se puso a entrenar a

Golden Fire, le metió unas patadas voladoras tan brutales, que estuvo a punto de fisurarle una costilla.

#◎#◎

—No, joven, esta semana no está programado.

—¿Segura? El patrón siempre me pone, aunque sea una vez a la semana.

—Segura, joven. Aquí tengo los programas y el Conde Alexander no aparece. Están Golden Fire, Máquina Mortal, Cosmos, Viajero del Futuro, los Hermanos Galaxia…

—Entiendo. Llamo la próxima semana a ver si me toca luchar. Gracias.

Afortunadamente no me faltó trabajo en otras arenas. Después de unas cuantas llamadas, ya tenía mi agenda casi llena. Le llevé la lista de luchas a Vladimir para que me armara las estrategias. El resto de la tarde lo pasé meditando con el Caballero Galáctico.

—Soy salud perfecta, soy salud perfecta.

—Soy rudeza perfecta, soy rudeza perfecta.

20

✦ CON TODOS MENOS CONTIGO ✦

En total fueron tres las semanas sin funciones en la Tres Caídas. No me quejo, fue bueno salir de la rutina. Trabajé en otras arenas, pero también me di tiempo para tomarme un helado y casualmente pasé a ver los ensayos del festival que preparaba mi tía. No me pude resistir (como si la poesía me hiciera daño para luchar, el chiste es la estrategia). Hasta me animé a declamar uno de los poemas (cuando mi tía no nos veía) porque, de tanto leerlos, ya me los sabía de memoria. Dicen que eso es bueno para el espíritu y para el cerebro, es ejercicio mental, alimento de las neuronas. Y además, con mis dotes elásticas y mi voz de trueno, acabé enseñándoles expresión corporal a los escuincles, para que no estuvieran como palos ahí parados frente al micrófono, hay que perder el pánico escénico. La sonrisa (que parecía una carcajada) de los niños fue mi mejor pago.

Golden Fire y Karla seguían yendo al gimnasio, pero casi no me los topaba. Sólo una vez llegaron temprano, mientras nosotros estábamos en el ring, y se dieron cuenta de que Vladimir me estaba corrigiendo un error. Karla miró fijamente a los ojos a mi amigo, pero no le dijo nada. Estoy seguro de que Golden, en cambio, sonreía debajo de esa máscara fanfarrona. Yo no alcancé a decirles nada porque en ese momento sonó mi celular, era la secretaria de la Tres Caídas:

—Joven, buenas tardes, me quedé esperando su llamada ayer.

—Perdón, tuve un compromiso y se me pasó. ¿Hay algo para mí esta semana?

—No.

—¿Para eso me llamó?

—Esta semana no hay nada, porque el jefe rentó la arena para que filmen un comercial, pero la próxima semana se reanudan las funciones y está programado en las dos.

Me alejé a un rincón del gimnasio, para que Karla y Golden Fire no escucharan mi conversación, con tan mala suerte que me fui a la única esquina donde no llegaba la señal del celular y se cortó la llamada. Pero no importaba, estaba de regreso en la empresa.

Ya que se habían ido Golden y Karla, tomé el teléfono de nuevo.

—Disculpe, señorita, ya sabe cómo son estos celulares modernos. La pila me traicionó.

—No se preocupe.

—¿Entonces estoy en las dos funciones de la próxima semana?

—Sí, y son buenos carteles.

—¿Contra quiénes voy?

—El miércoles hace equipo con un japonés que hace su debut, Akiiko Nakamoto, van contra los Intrépidos I y II.

—¿Y el domingo?

—No sé. Es un torneo de parejas y los ganadores irán la siguiente semana por el campeonato de peso wélter.

Casi me da taquicardia de la emoción. ¡Una función grande! Si ganas en la primera lucha de un torneo de esos, avanzas a la siguiente ronda, y puedes luchar hasta tres veces o más, en un mismo día, y si triunfas en todas, a la semana siguiente disputas el campeonato contra quien haya sido tu compañero.

—¿Y ya sabe quién es mi pareja o harán una eliminatoria antes para que se formen ahí mismo los equipos?

—No, ya están decididas las parejas. Te toca luchar con Golden Fire.

#◎#◎

—De todos los luchadores, de todas las parejas, de todas las luchas, de todas las funciones, tenía que tocarme con Golden Fire. ¿Qué el promotor no pensó bien o qué?

—Todo lo contrario —me contestó el Caballero Galáctico—. Es tu rival clásico, a la gente le gusta verlos enfrentarse. Si ganan el torneo y luchan por el campeonato, esa función será lleno total.

Lo admito, el promotor sabe muy bien lo que hace, lo tiene todo calculado. Tenía poco menos de dos semanas para prepararme con el torneo en mente, así que traté de tranquilizarme. El resto de la tarde acompañé al Caballero Galáctico a comprar algunas cosas que necesitaba para el gimnasio. No debería habernos tomado ni dos horas, pero parecía que mi profesor tenía radar para las farmacias, así que nos entretuvimos un poco, veía los escaparates de medicinas como si fueran dulces (por suerte logré impedirle que entrara con los doctores de las trastiendas, o habríamos acabado gripientos los dos, con pura gripa mental, claro).

Al día siguiente, Vladimir me entregó una carpeta.

—Es un reporte de los que participan en el torneo, no sabemos contra quién puedes enfrentarte, así que mejor estudia a todos.

—Vladimir, todavía falta para el torneo. Debo concentrarme en mis luchas de esta semana.

Y mi petit máster sacó otra carpeta que me entregó con solemnidad.

—¿Por quién me tomas? No soy ningún improvisado. Estos son tus rivales de esta semana. Ponte a estudiar, ándale.

En la siguiente función, el Enmascarado de

Terciopelo tuvo algunos problemas para dominar su lado sensible, ni hablar: perdí porque me distraje escuchando a un niño decirle a su mamá que le daba miedo cómo trataba a su ídolo. Solté a mi rival para ver quién había dicho eso, y por supuesto mi contrincante aprovechó la ocasión para hacerme un fuerte castigo a la espalda y rendirme. Esa noche, a la salida de la arena, quise acercarme al niñito para ofrecerle una disculpa, pero al voltear le gritó "papá" a quien resultó ser precisamente el luchador que me había ganado esa noche.

Esto ya era demasiado. No podía permitir que volviera a ocurrirme. Ya me lo habían advertido y yo no quise entenderlo: tenía que volver a ser el rudo de siempre arriba del ring, a como diera lugar, o arriesgaría mi carrera.

Qué les puedo decir del resto de la semana, pues deben saber simplemente que gané el resto de mis luchas. Me costó trabajo, pero me empeñé en ser implacable. Es más, una señora trató de pegarme con su muleta, pero fui más rápido que ella y le paré el intento en el aire (no tuve que esforzarme mucho). Todas las noches, antes de dormir, dedicaba al menos un par de horas a estudiar los reportes de Vladimir. Era increíble la capacidad de observación que tiene, no se le había escapado ningún detalle.

—Oye, Vladimir —le dije a principios de la siguiente semana—. ¿Y si hablo con Golden Fire y le propongo que entrenemos juntos esta semana? Así nos acoplamos y tendríamos más oportunidades de ganar el torneo, ¿no?

Mi pequeño genio de cabecera tomó mi sugerencia mejor de lo que hubiera esperado:

—¿Estás loco? ¿Unirnos a esa máquina destructora sin sentimientos que piensa que hay que medio matar al rival para hacer un buen trabajo? ¿A alguien con la negra intención de cambiar el rumbo de la lucha libre y volverla algo comparable al circo romano?

—Pero si Golden Fire sólo sabe volar.

—¿Y quién habla de él? Es Karla la que me preocupa. ¿A poco crees que ella permitiría que la dejáramos fuera?

—Bueno, ya, no te pongas así. No es para tanto.

—¿No es para tanto? ¡No es para tanto! Es como si me pidieras que me metiera a una jaula de lobos salvajes, y además vestido con un abrigo de carne. Preferiría meterme a la jaula de lobos salvajes. ¡Tío Galáctico, ¿tenemos filetes en la casa?!

—Sólo decía que a lo mejor…

—¡Y un poco de salsa, para que tenga mejor sabor!

#◎#◎

Miércoles al fin. La noche de mi regreso a Tres Caídas me descalificaron por exagerar mi papel rudo y tuvieron que escoltarme los de seguridad. En mi celular había un mensaje del promotor: "Bienvenido de vuelta".

El domingo me levanté súper temprano, tomé un desayuno ligero y salí a correr con mi papá. No hablamos mucho, supongo que él sabía lo nervioso que estaba por lo que estaba en juego en el torneo.

—Sólo te voy a dar un consejo: cuídate de tu compañero. Si sabe lo que le conviene, hará equipo contigo, pero también te estudiará para ver cómo ganarte.

Vladimir me mandó un mensaje de texto. "Eres mucha pieza para los demás; si estudiaste la carpeta, ganarás sin problema. Y ya cómprate un celular nuevo, para que tengas Whats".

Me bajé del taxi cuatro calles antes de llegar a la arena, me aseguré de que no hubiera nadie cerca y me puse mi máscara, para que los aficionados no fueran a descubrirme. Era muy raro, la calle estaba vacía y los puestos de máscaras y muñecos todavía no se habían instalado.

Vi mi reloj y no me quedó de otra más que sonreír: eran dos horas más temprano que de costumbre, es que estaba muy ansioso. Las señoras de la dulcería me saludaron un poco sorprendidas de que estuviera ahí a esas horas, igual que los encargados de seguridad.

—A ver si se controla un poco, joven; un día de éstos no vamos a poder contener a la gente.

Sólo sonreí. Como era de esperarse, en los vestidores no había nadie. Los demás tardarían al menos una hora en llegar, así que me quité la máscara y saqué de mi maleta un nuevo libro de poesía; aprovecharía ese rato extra para relajar el alma.

No sé cuánto tiempo estuve leyendo, pero me absorbió tanto la lectura que cuando escuché que alguien abría la puerta, no le puse mucha atención, sólo musité un "hola" sin despegar la vista del libro. Esperaba que, a lo mucho, me devolvieran el saludo y me dejaran tranquilo, pero no.

—Creí que ya habías acabado de leer ese libro, ¿o cuántos poemas quieres leer?

Era Golden Fire.

—El vestidor de los técnicos está enfrente —fue lo único que le dije.

El chapulín ese sólo sonreía.

—Hoy soy tu compañero y tengo derecho a usar este vestidor. Bonita máscara. ¿Me dejas verla?

—Tómala.

Y hasta ese momento caí en cuenta de que mi enemigo mortal acababa de conocer mi verdadera identidad.

21

⋆ EL TORNEO ⋆

—Así que el célebre…, no, el más o menos famoso…, no, el destacado…, no, no, no, el medianamente conocido Enmascarado de Terciopelo y el alumno del niño maravilla son la misma persona.

—Vladimir es mi amigo, y uno muy listo, por cierto. No sé de qué te burlas, a ti te entrena una niña que diario trapea el ring contigo.

—No es lo mismo, Karla es una líder por naturaleza y sabe mucho de lucha moderna. Es el ejemplo perfecto de que la civilización puede lograr que la igualdad sea posible.

—Ajá. Y ayer casi te rompe un brazo.

—Y no viste el patadón que me dio hoy cuando me llevó a correr… Bueno, pero ese no es el punto. Lo importante es que ya sé quién eres y te tengo en mis manos.

—¿En cuáles manos? Aquí todos nos conocemos y nos respetamos. Tú eres el único payaso que nunca se quita la máscara.

—Yo sí cuido mi patrimonio.

—¿De qué hablas? Todas las personas cuidamos nuestro… Eres persona, ¿verdad?

—Pero soy alguien que sí le da valor a su incógnita. Hubieras visto la semana pasada, a la gente del comercial le encantó que conservara el misterio a todas horas.

—¿Te llamaron a ti para salir en el comercial?

—La gente quiere ver a los ídolos, no a barbajanes como tú.

—¿Barbaján?

—Tosco, brutal, rústico. Karla me explicó esa palabrita ayer. Además empezamos a practicar para mejorar mi manejo del micrófono.

—¿Y esa es la nueva estrategia? ¿Emplear palabras más rebuscadas y practicar buenos modales?

—No, es que el comercial es para una nueva colonia que se llama Barbaján.

—¿Entonces por qué no habrían de querer ver a un barbaján profesional como yo? Qué menso eres.

—… Ay, tú qué, ¿muy sabio?

—Bueno, ¿y qué vas a hacer ahora que sabes quién soy? ¿Vas a extorsionarme?

—¿…?

—Chantajearme.

—¿…?

—Divulgar el conocimiento recién adquirido referente a mi *alter ego*.

—¿No podrías hablar en español?

—Ir con el chisme de quién soy.

—No gano nada con decirle a nadie.

—Confío que honres tu palabra.

En ese momento se abrió la puerta del vestidor y apareció la mismísima reencarnación de Atila (Karla, pues).

—¿Cómo es posible que todavía no te hayas cambiado, chapulín flameado? —no sé cómo le hice para aguantar la risa—. Tenemos veinte minutos para entrenar tu nuevo vuelo antes de que dejen entrar al público.

—Por favor, no me regañe delante del joven, entrenadora.

Y el malvado Golden Fire me señaló.

—¿Tú aquí? ¿No te basta con barrer el gimnasio del viejito lunático? ¿Vienes a trapear o qué?

—Mira, Karli… —Karla fulminó a Golden con la mirada—. Su Excelencia, no hay que ser tan ruda con el muchacho. Después de todo, será mi compañero esta noche.

—¡¿Tú eres la Lágrima Aterciopelada?! —Karla soltó una gran carcajada.

Volteé indignado hacia Golden Fire.

—Prometiste no decirle a nadie.

—Karla no es nadie; ella es todo para mi carrera.

La niña tomó mi máscara y el libro que estaba a mi lado.

—¿El gran rudo leyendo poesía?

Es increíble el eco que puede surgir en un vestidor vacío, las carcajadas de Golden y su entrenadora me aturdieron.

—"Hombre necios / que acusáis / Podrá nublarse el sol eternamente; /Podrá secarse en un instante el mar".

—Creo que así no va el
poema…

Golden Fire tomó la palabra:

—Lo que no va es ese comportamiento en una arena, y más te vale que no seas un blandengue hoy, porque quiero disputar este campeonato.

En eso aparecieron los de seguridad y se llevaron a Karla de ahí. La chica profirió una sarta de alaridos, pero ninguno le valió para convencer a los guardias de que estaba autorizada para estar en aquella área. Afortunadamente, el médico de la arena les aseguró a los muchachos que ninguno de los rasguños que les dejó la tierna niña corría el riesgo de infectarse.

#◎#◎

Después de una lucha preliminar, en la que el japonés Nakamoto derrotara a Escipión el Africano, dio inicio el torneo. Éramos ocho duplas en busca del cetro de los pesos wélter. Un representante de cada pareja subió al ring para participar en una batalla campal, y de acuerdo con el orden en que fueran eliminados los gladiadores, se conformarían los duelos de la primera ronda. Las cuatro parejas ganadoras se medirían entre sí en una semifinal, y los dos equipos triunfantes lucharían en una última ocasión para decidir quiénes iban a ser los protagonistas del gran combate, la siguiente semana.

El Juglar y Máquina Mortal inauguraron la ronda de cuartos de final, y perdieron ante Hacker y el Gran Gibbs con tapatía y cavernaria.

Intrépido I y Galaxia II vencieron a Calavera y Tirano con dos espectaculares planchas hacia afuera del ring,

165

de las cuales ni Calavera ni Tirano pudieron reponerse y regresar al cuadrilátero antes de los veinte segundos del reglamento.

Capitán Centella Júnior y Acorazado derrotaron a Millennial y Jungla García por la vía de la descalificación.

Y en el último duelo de la primera ronda, la Garra y Espía III cayeron fácilmente ante la implacable rudeza del fabuloso Conde (y el insufrible Golden Fire), con un par de huracarranas.

Ronda semifinal.

Hacker y el Gran Gibbs pasaron sobre Intrépido I y Galaxia II con mecedora y plancha desde la tercera cuerda.

Capitán Centella Júnior y Acorazado sucumbieron ante el galán y simpático Conde (y el lastre de Golden Fire), con una leonesa y plancha de 450 grados.

Gran final. A ganar una sola caída. Hacker y el Gran Gibbs en contra del Conde Alexander y (el bueno para nada que sólo sabe brincotear) Golden Fire.

En los dos duelos previos, fui yo el que hizo la mayor parte del trabajo. Mi fiereza dejó en muy mal estado a nuestros rivales, y el mequetrefe volador se encargaba de rematarlos con sus vuelos y maniobras en las cuerdas. A la gente le gustaba cómo luchábamos en pareja y con sus gritos dejaban en claro que éramos sus favoritos para la final. Pero no iba a ser nada fácil, pues el esfuerzo de las dos luchas nos había agotado. Apenas terminó nuestra semifinal, salieron de vestidores Hacker y el Gran Gibbs para sorprendernos y aprovechar nuestro cansancio.

Durante varios minutos no pudimos hacer nada para contrarrestar su ofensiva.

"Hasta aquí llegamos, con suerte el próximo año nos vuelven a tomar en cuenta para otro torneo", fue lo único que pensé mientras Gibbs me conectaba unas patadas voladoras que me sacaron del cuadrilátero. El golpe contra la tarima de protección me hizo reaccionar. El desgaste podría ser mucho, pero mi orgullo era más fuerte. No iba a dejar escapar esta gran oportunidad tan fácilmente. Subí al ring y, para mi sorpresa, vi a Golden Fire esquivar un golpe de Hacker, quien impactó en el pecho al Gran Gibbs. Ese chispazo de mi (odioso) socio sirvió para desconcentrar a nuestros rivales. Derribé a Hacker con una segadora y de inmediato lo tomé de las piernas y lo proyecté con una catapulta, para luego sujetarlo por la cabeza y estrellarlo en repetidas ocasiones contra los esquineros. Golden Fire, mientras tanto, con una serie de pinzas voladoras sacó a Gibbs del ring, subió a la tercera cuerda y se lanzó en plancha sobre él. Arriba del enlonado yo seguía dándome gusto aporreando a Hacker, y rematé la obra con una cruceta a las piernas que le arrancó la rendición. No pude celebrar mucho, porque recibí un golpe por la espalda; era Gibbs, quien con una tabla marina me eliminó. Todo quedaría entre él y Golden Fire.

El panorama no parecía muy bueno, sobre todo cuando Gibbs le aplicó a Golden Fire una gory invertida, pero en eso se escuchó un grito agudo: era Karla, quien se había acercado a la ceja del cuadrilátero.

—¡Aprieta el abdomen y alza la cabeza!

La niña no dijo más y se fue a su lugar. Golden Fire, mientras tanto, hizo caso a las indicaciones de su entrenadora y logró quedar sentado sobre los hombros de Gibbs; con una maroma hacia el frente, se lo llevó en rana. El réferi contó las tres palmadas y se decretó el final de la lucha. Subí al ring y el árbitro nos alzó los brazos. De inmediato, Golden y yo nos soltamos y comenzamos a encararnos. Fue necesario que subiera el anunciador y se interpusiera entre nosotros.

—Los ganadores del torneo son Golden Fire y el Conde Alexander, quienes se enfrentarán la próxima semana en la batalla estelar, disputándose el campeonato nacional de peso wélter.

Golden Fire tomó el micrófono.

—Mira, Condecito de Terciopelo corriente, ya viste que sin mí no eres nadie. Yo te estoy llevando a la final, pero de ahí no pasarás. El próximo campeón voy a ser yo —y me aventó el micrófono.

—Chapulín volador, hay que ser educado. Primero se saluda. ¡Buenas noches, arena Tres Caídas! Segundo, reconozco que le ganaste al Gran Gibbs a la buena, pero un golpe de suerte lo tiene cualquiera. La próxima semana te demostraré una vez más que, con terciopelo o cualquier otra tela, soy tu peor pesadilla. Y si yo fuera tú, no me la pasaría tanto en Facebook y mejor iría a entrenar —y le regresé el micrófono.

—Sabes muy bien que estoy preparado, y el próximo domingo te voy a dar una gran sorpresa. Ahí nos vemos, Conde finolis.

Y no pude contestarle, porque se bajó del ring y se fue a los vestidores. Karla me dedicó una mirada matadora y se dio la vuelta. Yo me quedé un ratito repartiendo autógrafos.

22

★ LA SEMANA MÁS LARGA ★

Los reporteros estaban felices. "La juventud se impone", "Golden Fire y el Conde Alexander, la pareja increíble", "El Terciopelo y el Fuego, combinación infalible", "Suben otra vez el aguacate y el limón" eran algunos de los titulares que podían leerse en los periódicos.

—No es conveniente que vengas al gimnasio en los siguientes días. Karla y Golden Fire pagaron turnos extra —me dijo el Caballero Galáctico el lunes a primera hora.

—Pero tengo que entrenar, profesor, el domingo es la lucha más importante de mi carrera.

—No te preocupes, Vladimir y yo lo tenemos todo solucionado. Hablé con tu papá y te va a entrenar todas las mañanas en el gimnasio cerca de tu casa, empiezan mañana a las cinco de la mañana. En las tardes, Vladimir irá a tu casa para estudiar los puntos débiles de Golden Fire. Las noches que estés libre tendrás el ring de mi gimnasio para ti solito… después de la medianoche, que es la hora de dormir de Karla.

—Tengo cuatro luchas esta semana, no podré venir en las noches… ¿Karla se duerme a medianoche?

—Eso dicen. Yo no me atrevo a pasar por su casa.

Confieso que este nuevo horario era desesperante. Mi papá, por supuesto, gozaba despertándome de madrugada para ir a entrenar, y a diferencia de las ocasiones anteriores, ahora no se enfocó en la actitud demoledora de los rudos, sino que hizo énfasis en las llaves.

—Los campeonatos se ganan en buena lid, debes demostrar que eres un luchador completo y que mereces portar el cinturón.

Y para predicar con el ejemplo, de inmediato me aplicó un derribe japonés y me inmovilizó el brazo con una palanca. Antes de que lograra zafarme, escuché una voz conocida:

—Si palanca al brazo quieres romper, hacia el frente te debes mover.

¡Tetsuya y Maravilla López se unían a mi equipo de entrenadores! Con la indicación de mi abuelo y una, ahora sí, acertada traducción de Tetsuya, pude escaparme de la palanca y aproveché el impulso para llevarme a mi padre a la lona. Pronto empezamos a intercambiar llaves, y aunque no le pude ganar en esa improvisada lucha, tampoco lo hice tan mal; le resistí casi doce minutos y terminé con aire suficiente como para seguir combatiendo otros veinte.

—Condición física importante; honorable momia sugerir que nieto maravilla haga más ejercicio cardiovascular en ratos libres. A partir de hoy, por favor correr hasta restaurante de sushi y de regreso para traer las cenas de venerable ancestro; nada de usar camión.

Vladimir llevaba a la casa una laptop para poner videos de Golden Fire. Tomamos nota de todos sus fallos y de sus puntos fuertes. Si quería ser campeón, debía concentrarme en castigar sus piernas, mantenerlo alejado de las cuerdas para evitar que intentara sus vuelos y cansarlo lo más pronto posible.

—Oye, Vladimir, ¿y esa otra carpeta que tienes ahí? ¿"Seguridad gimnasio", dice?

—Es el programa de mi tío Galáctico para las cámaras de seguridad del gimnasio.

—¿Puedes ver ahorita lo que está pasando ahí? ¿Por qué no espiamos a Karla y a Golden Fire?

Vladimir no dijo nada y encendió el programa. En la pantalla aparecieron los dos haciendo algunos ejercicios de calentamiento, nada que no hubiéramos visto antes.

—Ahora vamos a ensayar el vuelo secreto —dijo la temible entrenadora.

—¿Segura de que va a funcionar? Si el aterciopelado ese se gira cuando le caiga encima, me va a lastimar un montón y seguro pierdo la lucha.

Esto se ponía muy interesante.

—Te subes a las cuerdas y vuelas, te estoy diciendo. Te voy a enseñar cómo no equivocarte. Pero antes...

Y la muy malvada tomó un abrigo y lo aventó por los aires, directamente hacia la cámara. La pantalla quedó en negro. Sólo se escuchó un grito del chapulín flameado.

—No, Karla, no; yaaaaa, me rindo, me rindo. ¡Me dueleeeeeeeee!

—Con esto queda más que claro que los niños no deben imitar a los luchadores —dije, muy convencido de mis palabras.

—Dirás a Karla, más bien —remató Vladimir.

—Amigos aficionados, nos encontramos con el Conde Alexander, quien hoy salió victorioso ante el Espadachín. Conde, gracias por esta entrevista.

—Gracias a ti, Landrú, y a Lázaro, que está manejando la cámara. Siempre me han brindado un espacio en su medio.

—Conde, estás a unos días de tu primera lucha de campeonato, y vemos que quieres recuperar tu viejo estilo. ¿Será que veremos a ese rudo despiadado el domingo?

—Yo, más que rudo o técnico, soy luchador, y al estilo que me quieran llevar, en ese tono les voy a responder.

—Golden Fire está diciendo que no se fía de ti y que si le ganas, seguramente será con marrullerías.

—Me tiene sin cuidado lo que ese luchador de Facebook diga de mí. Si tanto le preocupa que le haga trampas, que se ponga a entrenar y me demuestre que puede dar una buena batalla.

—La afición está dividida. Muchos opinan que tú serás el próximo campeón wélter, pero hay un grupo muy nutrido de niños que está manifestando su apoyo hacia Golden Fire en las redes.

—La gente es libre de elegir a sus favoritos. Es más, qué bueno que los niños estén interesados en este combate. Ellos son los aficionados del futuro.

—Golden Fire ha dicho que te tiene una sorpresa para este domingo.

—Me pregunto cuál será. ¿Que aprendió una llave? ¿O que no se va a caer de las cuerdas, como en otras ocasiones? Yo tengo muy bien armada mi estrategia, y te aseguro que el próximo domingo me voy a llevar ese cinturón a casa.

Seguramente conocen esa entrevista, desde hace unos días está en YouTube. Y lo más probable es que piensen que ahí acabó el video, pero les voy a confesar algo: un personaje no invitado se coló al frente y empezó a gritar

como poseída que mis rudezas eran poesía, ¡y empezó a improvisar versos! ¡Sí, Karla quería sus cinco minutos de fama! Lo bueno fue que Landrú y Lázaro editaron esa parte, pero les juro que esa niña logró su cometido de ponerme en jaque.

El miércoles luchamos Nakamoto y un servidor contra Lagarto e Hijo del Lagarto. La lucha transcurría de manera normal. Ya habíamos rendido a uno, pero cuando subí a las cuerdas para rematar al otro Lagarto con plancha, alguien me jaló los pies y me hizo caer, luego recibí una serie de patadas. Nakamoto, como pudo, me quitó de encima a mi agresor, y el réferi me alzó la mano para darme la victoria por descalificación después de esa intervención ilegal. Mi agresor portaba un pasamontañas, y cuando lo inmovilizaron, Nakamoto se lo quitó. Era Golden Fire. El muy cínico agarró el micrófono que le tendió el anunciador.

—¿No te lo esperabas, terciopelo barato? Esto no es nada comparado con la sorpresa que te tengo el próximo domingo.

El anunciador me dio un micrófono y pude ejercer mi derecho de réplica (qué bonitas frases me ha enseñado la señorita editora):

—Si tu sorpresa será atacarme a traición, confirmarás que no mereces ser campeón.

—Yo sé mucho de ti, y el domingo dejaré al descubierto tus debilidades.

—Pues no sé cuáles conozcas, porque sólo atacándome por la espalda puedes conmigo.

—Sólo te diré una cosa: ni tu elegancia, que parece que salió de un libro de poesía, te va a salvar. Te voy a sacar hasta las lágrimas, aunque eso no me costará nada de trabajo, por cierto.

Y de las butacas se escuchó el grito de Karla:

—¡Acuérdate del final!

—Ah, sí es cierto —murmuró Golden, y luego, con cara de bobo (aunque traía máscara), dijo al micrófono—: Tu final está cerca.

—Era "Tu desenlace se aproxima" —se quejó Karla con cara de fastidio—. Tanto ensayar para esto.

Y azotó una silla contra el suelo.

Muy bien, Golden y Karla, esto ya es personal.

23

★ LA VÍSPERA ★

Quien haya dicho que una noche de sueño reparador es parte de una buena preparación para un mejor mañana nunca disputó una lucha de campeonato. Y a quien se le haya ocurrido que no hay nada más reconfortante que una plática con tu familia para aclarar las ideas, no está en ninguna rama de mi árbol genealógico, ni trabaja en mi equipo de entrenadores. Chequen, si no, cómo fue el bombardeo de consejos al que me sometieron todo el día:

—Las cuerdas pueden ser tus aliadas si te atrapan con una llave muy difícil, pero sólo alguien sin recursos las agarrará antes de buscar la manera correcta de zafarse de un castigo —mi papá.

—Condición física importante, cabeza fría necesaria; sangre caliente contraproducente, mejor tener serenidad y paciencia, mi pequeño nieto —mi abuelo, a través de Tetsuya.

—Tu padre siempre cenaba tres órdenes de tacos la noche anterior a una lucha importante —mi mamá.

—¿Funcionaba?

—No. Mejor cena ligero, hijo. Y piensa que eres muy afortunado por tener esta gran oportunidad.

—No dejes que tu padre, ni tu abuelo, ni nadie quiera imponerte una manera de hacer las cosas —mi tía—. Si vas a sobresalir, que sea a tu manera, sin copiar a nadie.

—Pero ellos me han enseñado todo lo que sé de lucha, sin sus consejos seguro pierdo mañana.

—¿Y quién está hablando de lucha libre? Yo te quiero dar un consejo de vida.

—Cuñada, te agradecería que no pongas más nervioso a mi hijo.

—Y yo te invito, cuñado querido, a que te des cuenta de que tu hijo necesita una figura que lo inspire, y no una que lo atemorice.

Mi papá estuvo a punto de contestar, pero volteó a ver a mi mamá (quien parecía decirle con la mirada que por favor no pelearan esa noche), suspiró y se alejó a la sala, prendió la tele y murmuró no sé qué cosas.

—Todos tenemos cimientos, y si atacamos los del rival, haremos que se tambalee. Golden depende de las piernas, no lo olvides —era Vladimir, mientras me pasaba un nuevo video para la estrategia—. Observa bien: sus amarres para el toque de espaldas son débiles, no está apoyando bien los pies, así que con cualquier movimiento puedes hacer que pierda el equilibrio.

—Muchacho —dijo el Caballero Galáctico—, no te quedes con ganas de nada. Si quieres darle unas patadas voladoras, hazlo. Si crees que una llave en particular te ayudará a cansarlo, aplícasela. Y si vas al baño, ¿me traerías el agua oxigenada del botiquín? Me raspé con el ring y no quiero que se me infecte el brazo.

Cuando finalmente llegó la noche, me despedí de mi familia y me metí en mi recámara. Era temprano, pero quería asegurar al menos ocho horas de sueño. Después de noventa minutos de sólo dar vueltas en la cama, quedarme sin cobijas y hacer bolas la almohada, me rendí y fui a la sala.

—¿No quieres un vaso de leche, hijo? —ofreció mi mamá.

—O un té —sugirió mi tía.

—Lo que necesitas, muchacho, es distraerte. Esto amerita una sesión de películas.

—¿Seguro, corazón? —mi mamá no parecía muy convencida—. Ya sabes que…

—No es mala idea —mi tía intervino rápidamente—. Tal vez una película cómica ayude a relajarse a tu hijo.

—Por una vez… te concedo razón —y mi papá se dirigió hacia nuestra crítica de cine particular—. Mi vida, ¿tenemos algo para reír?

—Seguro.

Y durante las siguientes dos horas, no hicimos más que carcajearnos con aquella comedia de enredos. Mi mamá se olvidó de tomar nota de los errores de las películas y hasta mi papá comentó con mi tía las escenas que más le divirtieron. Después de esa sesión, dormí tranquilo el resto de la noche.

#◎#◎

Desperté temprano y salí a correr al parque. Luego me puse a ordenar mi recámara, la sala, lavé los trastes, y cuando terminé, vi con sorpresa que apenas era mediodía. Faltaban cinco horas para que empezara la función. Empaqué y desempaqué mi equipo varias veces, a cada rato verificaba que todo estuviera ahí, en especial mi máscara.

Mi mamá me ofreció una taza de té.

—Tómatelo, te ayudará a calmarte.

—Recuéstate un rato —sugirió mi papá—. Una siesta te hará bien.

Sé que es muy común decirlo, pero en verdad el tiempo se arrastra cuando tienes un compromiso importante. Después de una hora de siesta, mi padre me despertó:

—Lleva tu maleta al coche —me dijo—. Vámonos.

—¿Van a acompañarme?

—No pensarás que íbamos a dejarte solo.

Y esa noche mi familia vistió sus mejores galas. Mi madre lucía muy guapa con ese vestido que tanto le gusta, y mi padre aprovechó para ponerse los pants azul marino que reserva para ocasiones especiales, hasta estrenó unos tenis negros.

El ambiente en los vestidores era el de siempre. Algunos compañeros platicaban de cómo les había ido en la semana, otros más hacían ejercicios de calentamiento. Yo me vestí con calma, me abroché las botas y me puse una sudadera para no enfriarme. Todavía faltaba un rato para que empezara la función, así que agarré mi libro y me senté en un rincón. Además de todo, leyendo me concentraba muchísimo, y eso era justo lo que necesitaba en esos momentos.

—Joven, hoy tiene una buena prueba, no la desaproveche.

Era el promotor. Tan metido estaba en mi lectura, que no me di cuenta del momento en que entró al vestidor.

—Bajaré del ring con ese cinturón.

—Yo sólo espero que dé una buena lucha. Confío en que se haya preparado, tiene una responsabilidad muy grande.

—Y no le fallaré, señor.

—No me refería a mí. Su responsabilidad es con usted y con el público. Si cumple con ambos, entonces habrá cumplido conmigo.

Y se fue dando indicaciones al personal técnico de la arena.

Sonó mi celular. Era un mensaje de Vladimir:

"No me dieron permiso de ir, pero mi tío me va a grabar todo."

Y por fin se escuchó la voz del anunciador oficial.

—A nombre de la Asociación de Lucha Independiente y la arena Tres Caídas, damos la más cordial bienvenida a todos ustedes, esperando que esta función sea de su agrado. ¡Comenzamos!

Me asomé a la antesala de los vestidores y vi a Golden Fire hablar con los reporteros.

—No lo niego, es una lucha muy difícil, el Conde es un rival muy duro, pero les aseguro que estoy bien preparado.

—Siempre que lo has enfrentado, el Conde te ha roto la máscara y te ha dejado en malas condiciones.

—Y esa es mi ventaja esta noche. En las luchas de campeonato no puede hacer nada de eso, lo descalificarían en ese instante. Ya verán que no es la maravilla de luchador que dice ser. Sin sus trampas, no es nadie.

—Vemos aquí a una joven aficionada que quiere darte todo su apoyo.

—Sí, la pequeña Karla ganó un concurso para conocer a su ídolo y aquí estoy, cumpliendo su sueño. Es de veras muy tierna.

"Comparada con la inundación que acabó con la Atlántida."

—Le voy a dedicar mi lucha de hoy.

"Un momento, ¿cuál concurso?"

—¿Algo que quieras decirle a tu ídolo?

—Sí, acaba con ese payaso aterciopelado, no tengas piedad de él, destrúyelo.

Y aparecieron los de seguridad para retirar a aquella intrusa que, evidentemente, no había concursado en nada y no tenía derecho a estar ahí. Uno de los guardias tuvo que ser atendido por un paramédico y pasó el resto de la función con una bolsa de hielo en la cara y un ojo morado.

Tocaron a la puerta de los vestidores. Era el aviso de que había terminado la semifinal.

—Los de la lucha de campeonato, es su turno. Suerte, que ninguno de los dos salga lastimado.

Subí las escaleras en silencio. Escuché la música que siempre ponían cuando me anunciaban y atravesé las cortinas. Bañado por la luz de los reflectores, estaba de pie ante el público. Sonaron silbidos, gritos, aplausos. Llegué hasta el cuadrilátero, donde ya me esperaba Golden Fire.

—¡Lucharán, por el campeonato nacional de peso wélter, a dos de tres caídas, sin límite de tiempo! ¡En la esquina ruda, con setenta y dos kilos trescientos gramos, el Enmascarado de Terciopelo, el Condeeeeeeeee Alexander! Su sécond: Máquina Mortal.

Aplausos, silbidos, gritos, porras.

—¡Y en la esquina técnica, su oponente, con setenta y cuatro kilos quinientos gramos, Goldeeeeen Fireeeee! Su sécond: Espadachín. Réferi para este combate, el sonriente Juan Carlos Ortega.

El réferi nos llamó al centro del ring para decirnos las reglas básicas y revisar que no lleváramos algún objeto prohibido. Fui a mi esquina, observé a lo lejos a mi familia, que se había sentado en la sección de plateas. Cerré los ojos e hice un par de flexiones. Sonó el silbatazo y dio inicio la primera caída.

24

⭐ TENEMOS NUEVO CAMPEÓN ⭐

Se coronó el nuevo monarca nacional de peso wélter
Texto: Alvin. Fotos: J. Lázaro R. (ring) y Landrú (zoom).

Domingo de lucha libre en la tradicional arena Tres Caídas, que lució una gran entrada para presenciar un muy atractivo duelo entre dos de los novatos más destacados del circuito independiente: el Conde Alexander y Golden Fire, quienes disputaron el campeonato nacional de peso wélter, el cual se encontraba vacante después de que su anterior dueño, el Tigre Ramírez, renunciara al fajín por no dar el peso reglamentario.

Desde el inicio de la contienda, el Conde dejó muy claro que buscaría mantener lejos de las cuerdas a Golden Fire, donde es bastante peligroso. Las acciones comenzaron con la tradicional toma de réferi, pero el elegante Conde de inmediato cambió el castigo por un fuerte candado a la cabeza. Su rival trató de romper la llave, pero el Conde aprovechó el impulso para llevarlo a la lona y acto seguido cambió la zona de ataque y se centró en las piernas del técnico, consciente de que mientras más castigara sus extremidades inferiores, menos posibilidades tendría Golden Fire de usar sus dotes aéreas.

Tal como dictan los cánones, la lucha se desarrolló de manera limpia, sin marrullerías, y el Conde dejó un gran sabor de boca entre los aficionados al mostrar una amplia variedad de llaves, con las cuales hizo pasar un muy mal rato al técnico sensación. Después de tanto castigarle las piernas, el también conocido como Enmascarado de Terciopelo le arrancó la rendición al técnico de fuego y oro con un cangrejo invertido.

El panorama no pintaba nada bien para Golden Fire en la segunda caída. Su rival se dio gusto castigándolo con una serie de llaves que hicieron que este humilde reportero recordara a sus ídolos de antaño, pero cuando todo apuntaba a una aplastante victoria en dos caídas

al hilo, Golden Fire se avivó y convirtió un intento de palanca al brazo en un toque de espaldas universal del cual el rudo no pudo zafarse antes de la tercera palmada.

Motivado por haber descifrado las llaves de su adversario, Golden Fire logró llevar el desarrollo de la tercera caída al estilo aéreo. Con una serie de tijeras, pinzas, patadas voladoras, látigos y un par de topes hacia afuera del cuadrilátero, dejó en malas condiciones al Conde Alexander, quien parecía acusar el cansancio por el esfuerzo realizado.

Ambos contendientes dejaron constancia de su preparación y buena condición física. Golden Fire, tratando de sorprender a su rival, buscó hasta en tres ocasiones el triunfo con una rodada y toque de espaldas, pero el

Conde siempre pudo separar la espalda de la lona antes de la segunda palmada. Desesperado, el técnico intentó una espectacular plancha desde la tercera cuerda, pero el rudo se quitó mientras su rival estaba en el aire y, ni tardo ni perezoso, le aplicó una tapatía, pero Golden logró romper el castigo. A esta llave siguieron una cavernaria, un cangrejo y una Gori especial, pero en las tres ocasiones Golden Fire resistió.

Tras un par de patadas voladoras, Golden Fire sacó del ring al Conde Alexander y subió a la tercera cuerda, para impactarlo con un impresionante tornillo. Parecía que el combate terminaría en empate, pero ambos gladiadores lograron regresar al ring antes de la cuenta de los veinte segundos. Golden no perdió el tiempo y se llevó nuevamente al rudo con rodada y toque de espaldas, y en esta ocasión el Enmascarado de Terciopelo no logró romper el castigo y así, después de treinta y cinco minutos de batalla, cayó la tercera palmada y se decretó que el nuevo rey de los pesos wélter es el sensacional Golden Fire.

Al final, el público reconoció el esfuerzo de ambos luchadores con un fuerte aplauso y llevando en hombros al nuevo campeón.

Desde la redacción de esta revista va una felicitación a ambos contendientes por el combate ofrecido, y ya nos imaginamos lo que nos espera si se da la revancha.

25

★ TODA HISTORIA TIENE DOS VERSIONES ★

¿Sorprendidos? ¿Pensaron que su servidor sería el nuevo campeón? Yo sí lo creí. Las dos primeras caídas las dominé a placer. Vladimir hizo un muy buen trabajo al planear la estrategia, y las enseñanzas de mi padre y abuelo, además de los consejos del Caballero Galáctico, fueron muy acertados. El pobre chapulín volador no sabía por dónde le entraban tantas llaves. Pero tengo que ser honesto, así como yo me di gusto imponiéndole mis mejores castigos, él siempre supo cómo zafarse, ya fuera agarrándose de las cuerdas o con algún movimiento que le ayudara a aplicarme una llave. Parecía que estaba luchando contra un hombre de chicle. Cuando quise acabar la lucha con esa palanca, clarito escuché a Karla gritarle cómo tenía que girar para cambiar el castigo y llevarme a la lona. A partir de ahí, lo admito, el frijol saltarín agarró un segundo aire. Yo estaba tan enojado por la manera en que me sorprendió, que ya no pude mantenerlo pegado a la lona o lejos de las cuerdas, y Golden logró finalmente hacer lo que mejor le sale: volar.

A la gente le gustó ese cambio de ritmo por parte de mi adversario y empezaron a apoyarlo con muchas porras, y aunque no lo crean, eso me dio ventaja, porque la voz de Karla se apagó entre todo aquel ruidero.

Al quedarse sin las instrucciones de su káiser particular, Golden Fire no tuvo de otra más que improvisar y trató de ganarme con rodadas y toques de espaldas, pero no se apoyaba lo suficientemente bien y siempre me zafaba. Vladimir había sido muy listo al advertirme de esto.

Después de ese tornillo, quedé seminoqueado. Como pude, regresé al ring y nuevamente el saltarín ese me llevó a la lona con la rodada, y la aplicó todavía peor; estaba seguro de que me iba a escapar, y ya pensaba cuál sería mi siguiente llave cuando Golden Fire me dio la gran sorpresa con la que me había estado amenazando.

—Condenado Superpants Júnior, te dije que un día llegaría mi revancha.

¿Superpants Júnior? Sólo una persona me llamaba así. ¡El Pecas! ¿Golden Fire es el Pecas? No podía ser posible. El Pecas tiene pecas, y Golden… ¡Por eso nunca se quitaba la máscara!

Cayó la tercera palmada. Me había distraído y no me di cuenta del conteo del réferi. No había más que hacer. Llámenlo trampa, llámenlo colmillada de Golden. O si quieren, digan que es un pretexto mío, pero esa es la verdadera razón por la que perdí.

Minutos más tarde, en la antesala de los vestidores, vi a Golden Fire posando para los fotógrafos con su cinturón de campeón. Esperé a que terminara la sesión improvisada, no tenía ganas de hablar con nadie. En cuanto se fueron todos, me fui directo a las regaderas.

—¿Te vas sin despedirte? No es de buena educación —se burló Golden Fire.

Volteé y fue entonces que Golden Fire, feliz con el cinturón, se despojó de la máscara, y ahí estaban sus pecas y esa cínica sonrisa que pensé que nunca volvería a ver.

—Esperé mucho tiempo este momento —me dijo, y se fue a su vestidor.

#◎#◎

Si el Pecas piensa que esto acabó aquí, está muy equivocado. Bueno, el libro sí acaba aquí, pero nuestro pique todavía tiene mucha cuerda. Ya llegará mi turno de reír. Y si no me creen, háganle caso a la señorita editora, que dice que le gustó mi relato y publicará más libros de este despiadado e incomprendido rudo.

CONTINUARÁ...

Diego Mejía Eguiluz no recuerda cuándo nació, pues era un bebé. Ha sido periodista deportivo, asistente de producción tanto en teatro como en televisión, guionista de un programa cómico, comentarista radiofónico de lucha libre y desde hace veinte años se dedica a la edición de libros infantiles y para adolescentes. Ha escrito de lucha libre para las revistas *Box y Lucha* y *The Gladiatores*. Es autor del libro infantil *Una aventura patológica*, publicado en México y en Uruguay.

El Enmascarado de Terciopelo 1. Primera caída de Diego Mejía Eguiluz
se terminó de imprimir en junio de 2018
en los talleres de
Impresora Tauro S.A. de C.V.
Av. Plutarco Elías Calles 396, col. Los Reyes,
Ciudad de México